Cuando el corazón llora

TAMARA GORRO

Cuando el corazón llora

Hacer las paces con el pasado para mejorar tu presente y disfrutar del futuro

HarperCollins

1.ª edición: abril 2022
2.ª edición: abril 2022

Editado por HarperCollins Ibérica, S. A.
Núñez de Balboa, 56
28001 Madrid

Cuando el corazón llora. Hacer las paces con el pasado para mejorar tu presente y disfrutar del futuro

Diseño de interiores: Teresa Sanchéz-Ocaña
Dibujos de interiores: Teresa Sánchez-Ocaña y Freepik
Maquetación: MT Color & Diseño, S. L.
Diseño de cubierta: CalderónStudio
Dibujo de cubierta: Freepik
Foto de la autora: Daniel Pico Casado - @danphto

ISBN: 978-84-9139-735-9
Depósito legal: M-2832-2022
Impreso en España por: Impresos Izquierdo

FSC
www.fsc.org
MIXTO
Papel procedente de fuentes responsables
FSC® C020840

Ellos han sido el principal motor para no tirar la toalla.
Shaila y Antonio, hijos míos, gracias por darme vida.
A mí misma, porque he tocado fondo, pero estoy
haciendo lo más difícil, luchar para salir de ahí.
Luz, te debo mucho, eres un pilar
fundamental en mi vida.
A todos mis familiares y amigos, que habéis
estado a mi lado atemorizados por mi estado
y no me habéis soltado.
Por supuesto, a esas personas que, sin conocerlas, me
han cuidado, querido y no se han alejado durante todo
mi duro proceso; mi familia virtual.
Y a ti, que estás pasando por un momento
igual o parecido al mío. No pasa nada por caer, pero es
obligatorio levantarse.
Puedes, hazlo, cuídate y siente mi abrazo.
HarperCollins, gracias por dejarme ser yo
y sentirme libre.

Índice

INTRODUCCIÓN

Hoy no estoy bien por culpa del ayer

**NO PUEDO MÁS.
NECESITO DESCANSAR.**

Son las tres de la madrugada. Salgo muy despacio de la cama para que él no se dé cuenta.

Entro en la ducha, cojo la alcachofa, la pongo sobre mi cabeza y abro el grifo. Solo cuando el agua cae en los ojos rompo a llorar, mi boca no es capaz de cerrarse por el llanto. Luego, el nudo en el pecho sube a la garganta y empieza a desaparecer.

Ya puedo volver al dormitorio.

Siete menos cuarto de la mañana. Suena el despertador. Noto el cuerpo muy flojo, me siento incapaz de poner las piernas en el suelo y de levantarme con seguridad. Tres noches seguidas metiéndome en la ducha de madrugada y otras dos con pesadillas, además de atender a los niños, me están pasando factura.

Me tomo un café mientras leo la prensa y miro mis redes sociales.

Es hora de cambiar de cara. Ezequiel se acerca.

Entro en el cuarto de mis hijos, aquí no tengo que disimular. Mi estado de ánimo cambia rápidamente en el momento en que Antonio me besa o Shaila me abraza.

Cuando estoy con mis hijos soy feliz.

Les dejo en el colegio y me voy al gimnasio, donde creo que hago algo bueno para mí. Allí me evado, suelto endorfinas y me cargo de energía.

Pero hoy no estoy bien y en el trayecto de quince minutos hasta el gimnasio siento agobio. No quiero ir, pero lo necesito y peleo conmigo misma. Y cuanto más lucho entre lo que quiero y lo que debo, más me agobio. Al final, acabo fumándome tres cigarros seguidos.

Empieza a dolerme la tripa, se me revuelve el estómago y noto que me angustio aún más. Pero gana mi sentido de la responsabilidad y de la disciplina. Y cuando comienzo a correr en la cinta, a levantar pesas y a sudar, me siento bien, y de nuevo rozo la felicidad.

De camino al trabajo escucho las noticias en la radio, me observo en el espejo retrovisor y confirmo que mi rostro vuelve a estar serio. Me repugna mi cara.

Fumo sin parar y comienzo a temblar. Paro el coche, empiezo a chillar, golpeo el volante, me arden los ojos, pero no consigo llorar.

El nudo en la garganta desaparece. Siento alivio.

Continúo.

Minutos antes de entrar en el garaje pongo canciones que me provoquen de nuevo esa felicidad que hora y media antes había sentido. Hago todo lo posible por alcanzar ese estado. Canto en alto, pienso en cosas que me motivan, imagino situaciones que me encantaría vivir. Lo consigo, siento alegría.

Abro la puerta de la oficina y un escalofrío recorre todo mi cuerpo. Me miro en el espejo de la entrada y me fascina mi cara.

Saludo a mis compañeros y arrancamos a trabajar. Les animo para que bailemos juntos y grabemos algún vídeo.

Tengo ganas de comerme el mundo.
Estoy pletórica.

Termino la jornada y voy corriendo a recoger a mis hijos al colegio. En el trayecto llamo a mi marido, a mi yaya y a mi mamá. Comparto con todos ellos el día tan maravilloso que he tenido, aunque les oculto lo sucedido durante la noche y lo que me ha pasado en el coche antes de llegar al trabajo. Si alguien me pregunta detalles porque nota algo raro, le comento mi cansancio por una mala noche por los niños.

La tarde la pasamos los cuatro juntos, jugando. Resulta divertida y amena. Le siguen los baños, la cena y la hora de ir a la cama entre juegos, bailes y la lectura de un cuento.

Una vez que mis niños están dormidos, Eze y yo nos tumbamos en el sofá, yo me giro hacia el lado derecho, arropada siempre con una suave y ligera manta.

Me hago pequeña mientras arqueo el cuerpo hacia dentro, como una bola, y escondo la cabeza entre las rodillas. El nudo en la garganta vuelve a aparecer, tengo ganas de llorar.

Ezequiel se acerca por detrás, y con tono suave me pregunta lo de casi todas las noches:

—¿Estás bien?

—Sí, mi amor, solo estoy KO —le respondo con una ligera sonrisa y dándole un beso.

—De acuerdo, cariño —dice.

Luego, como cada noche también, me quedo dormida en el sofá. De esa manera evito estar en la cama dando vueltas, porque me cuesta mucho dormirme. Y como siempre, mi marido se encarga de despertarme suavemente, y medio adormilada me voy a la habitación.

Me tumbo en la cama y de nuevo empieza mi terrible rutina nocturna.

Así es a diario durante las veinticuatro horas: pesadillas, sueños tristes, sudores, duchas a altas horas de la madrugada, carreras al cuarto de los niños. Y despertarme con sueño, cansada, enfadada, con rabia, con sensación de ahogo, con presión en la cabeza, con falta de aire,

desamparada, incomprendida, insegura,
con angustia, desganada, triste, con ira,
con miedo, feliz, motivada, alegre, positiva,
creativa, orgullosa, serena, eufórica,
ilusionada, satisfecha, alegre,
divertida, realizada, decidida,
esperanzada,
amada, querida, entregada.

Los hechos que me fueron dando pistas

Empecé a ser consciente de cómo me cambiaba el humor en décimas de segundos. Si el cuerpo me pedía descansar, sabía que podía faltar al trabajo, aunque solo fuera un día. Sin embargo, no me lo permitía, me obligaba a ir, me castigaba. Cuando trabajaba, me notaba llena de energía.

Hablar con mi familia virtual —así llamo a las personas que forman mis redes sociales— también me hacía sentir bien, cómoda. Y hacer contenido para ella me provocaba felicidad. Si me las cruzaba por la calle, podía quedarme varios minutos hablando con ellas porque me encantaba. Le daba vueltas a cómo era capaz de relajarme tanto con esas personas, a quienes de alguna manera no conozco tanto, y sin embargo era incapaz de contarles mis problemas a los míos. Me los guardaba para mí e incluso me alejaba física o mentalmente unos días sin dar señales de vida. También notaba que en reuniones de amigos, de repente, me apartaba y bailaba sola, o cuando estaba sentada a su lado me evadía, no tenía ganas de hablar.

> Me sentía juzgada, vigilada.

No me fiaba de nadie y pensaba que todos se acercaban a mí por mi dinero o mi fama, excluyendo, claro, a mis amigos de siempre.

No quería hacer nuevas amistades, me volví antisocial, cuando siempre había sido todo lo contrario.

En algún momento fui consciente de que lo que me decían los míos era verdad. Que mi vida se había convertido en un bucle de niños, marido, trabajo y casa. Y que solo de «manera obligada» y esporádica salía a cenar con mi pareja y con amigos o me iba de viaje. No era capaz de delegar en nadie, ni aun teniendo mucha ayuda para poder descansar o desconectar unas horas.

LO QUERÍA ABARCAR TODO.

Solo estaba bien con mis hijos y parte de mi familia. Me sentía sola, vacía. Y mi necesidad de querer ayudar a todos cada vez iba a más. Solo me notaba correspondida por personas que no conocía y por algunos familiares y pocos amigos.

Plenitud y bienestar eran mis sensaciones cuando pensaba en lo buena persona que era. Sin embargo, no entendía por qué teniendo esos pensamientos luego era incapaz de ser más positiva y de levantarme el ánimo.

Comencé a asustarme mucho por los episodios que os he contado, esas noches en la ducha, esos llantos desconsolados, las pesadillas, mi sensación frecuente de asfixia, de ahogo...

Durante meses le di vueltas y vueltas a eso que me estaba pasando, pero lo hice a solas, sin hablarlo con nadie. Hasta que un día, y después de que insistiera mucho para saber qué me pasaba, se lo conté todo a mi madre.

Sin querer dije algo que cambió mi vida.

—Mamá, no me reconozco, no soy yo. Estoy sufriendo.

Después de abrirme con ella, quise hacer lo mismo con mi marido. Fue en ese instante cuando me di cuenta de lo importante que era y del gran paso que había dado al reconocer que algo me sucedía. Que estaba mal. Perdí la vergüenza al verbalizar que tenía un problema. No sabía cuál era, pero lo tenía.

—Necesito ayuda, papá, no estoy bien. ¿Recuerdas que hace unos dos años te dije que me notaba rara? Sentía que iba a caer mala, pero no me imaginaba en qué sentido. Comenzaba a notarme extraña.

Esto se lo dije a Eze mientras lo abrazaba con fuerza. Y continué contándole entre lágrimas todo lo que llevaba viviendo y sintiendo durante meses.

—No sabía que estabas tan mal, cariño. Creía que eran bajones normales, pero no hasta este punto. Incluso pensaba que tu semblante tan serio o llorar tanto era producido por el trabajo —me susurró al oído mientras me apretaba contra él.

No sé qué sucedió en mi cabeza, pero de repente tuve la valentía de contar abiertamente que no estaba bien. Así lo hice con mi familia, con mis amigos y con mis compañeros de trabajo. Incluso empecé a abrirme en mis redes sociales; si tenía un día malo, lo comentaba y me sinceraba sobre el motivo de no publicar nada.

No entré al detalle de contar todo lo que me ocurría porque seguía y sigo sintiendo temor a no ser comprendida porque ni siquiera yo misma había sido capaz de comprenderme.

Desde ese día empecé a darle vueltas a diario a un pensamiento recurrente:

Necesito un profesional que me ayude.

El único problema o el gran inconveniente es que no me fiaba de nadie. Todavía hoy me veo incapaz de sentarme con alguien que no conozco de nada y de contarle mi vida y todo lo que me sucede. No me siento cómoda y pienso que el día de mañana me podría vender por dinero. Pero la vida o el universo me iban a lanzar algunas señales para que cambiara de opinión.

Siempre he creído en el destino, porque una y otra vez he comprobado que existe, y ese día lo volví a corroborar.

Sucedió después de una fiesta en mi casa, con mi grupo de amigos de toda la vida, los caniqueros. Tomábamos café en el porche, no recuerdo qué tema de conversación estábamos tratando, pero sí recuerdo a la perfección el diálogo con Culi, mi amiga, delante de todos.

—Sé que no estoy bien y que necesito ayuda. Pero nunca me pondré en tratamiento porque no me fío ni de mi sombra —les dije.

—¿Y si yo te digo que tengo la persona ideal para ti? Y que pongo la mano en el fuego por ella —me respondió Culi.

—No me fío. Esa persona puede ser muy amiga tuya, pero tratarme a mí es diferente. Va a saber toda mi vida y nunca te puedes fiar de nadie —le rebatí.

—De un profesional sí, y ella es una gran profesional —me contestó.

—Yo ya estuve en una psicóloga cuando pasé el proceso de Shaila y tuve que dejarlo por esa desconfianza —le dije.

—Con ella no te vas a ir, te lo aseguro, ¿tú confías en mí?

—En ti sí, en ella no.

—Habla con ella un día y si ves que no te sientes cómoda, entonces lo dejas. No estás bien y necesitas ayuda, hazme caso.

—Bueno, lo hago por dejarte tranquila, pero ya te digo que no creo que me convenza —sentencié.

El día siguiente era domingo, y, mientras estaba en mi oficina en casa, recibí una llamada de ella. De Luz.

De los primeros veinte minutos de conversación solo recuerdo diez. Los otros solo pensaba que me quería ganar como paciente y con más motivos por ser quien era. Nadie importante, pero sí una persona fácil a la que vender y con la que ganar dinero. De repente, presté atención por algo que dijo.

—Yo no tengo televisión en mi casa, evidentemente sé quién eres, pero no sigo tu trayectoria. Sí me sorprende algo. Mi madre es seguidora de los programas del corazón, y un día, estando en su casa, vi una entrevista tuya en la tele en la que relatabas la muerte de una persona muy importante para ti, Antonio. Nombraste a Leire. Ahí contabas que esa mujer os había ayudado con el traslado del cadáver a España. Subí el volumen y me dio un escalofrío porque yo también conozco a Leire, es mi amiga y también me ayudó mucho a mí en esa época.

—¿Cómo? —le respondí casi sin aliento.

En ese momento colgué el teléfono. Llamé a mi compañero y amigo Iker, que había salido de la oficina donde estábamos los dos para dejarme hablar a solas.

—Iker, no te lo vas a creer. Esta mujer es amiga de la cónsul que ayudó a que mi Antonio pudiera regresar a España. No doy crédito, esto es una señal, me la ha enviado él.

Iker, con una mano en la boca, solo repetía «ay, ama», muy sorprendido. Marqué el número de Luz y le dije que la llamada se había cortado. Seguidamente le expresé lo que sentía.

—Luz, no me fio de ti, no te conozco de nada, pero solo por esta señal quiero hablar contigo un día.

—Tamara, los psicólogos no miramos quiénes son pacientes, sino qué necesitan. Tú solo vas a contar aquello que quieras y cuando quieras. Tú vas a marcar los ritmos —me respondió.

Nos despedimos.

Esa noche no dormí, no tuve pesadillas, tampoco duchas, aunque sí demasiados pensamientos. Estaba insegura, con miedo y bloqueada. Pero notaba algo dentro que me hacía sentir extraña, tenía ganas de que llegase la hora de verla, y sobre todo deseaba acabar con el problema que ya tenía asumido y que no sabía de dónde venía. Había visto un rayo de esperanza.

El momento más esperado y angustioso

No quise que nos viéramos en persona, decidí que la conversación fuera *online,* me sentía más preparada y segura.

Me llamó.

Notaba que me temblaban las piernas, y todo por mi lucha entre querer y no querer, por esa barrera que me pongo, una careta de ser fuerte e indestructible. Aunque por dentro no me sienta así.

—Ay, Tamara, me estoy riendo sola —me dijo.

—¿Por qué? —le respondí con sonrisa falsa, como si estuviera cómoda, aunque no lo estaba.

—Mira cómo te tengo apuntada en el móvil para que nadie pueda saber quién eres. Has hecho que me obsesione con tu inquietud sobre tu privacidad —me contó riéndose y sorprendida.

Cuando me lo mostró a través de la pantalla, leí el nombre que me había puesto como contacto: Valeria. Mi cuerpo se paralizó, empecé a sentir las piernas pesadas y la tensión baja. Esta vez no la colgué:

—Luz, eres tú —le dije con semblante serio.

—¿No te entiendo? —me respondió seria también.

—Ayer confié en las señales, pero hoy lo confirmo.

—¿Por qué?, ¿qué pasa? —me preguntó sorprendida.

—Existen millones de nombres de chicas y has tenido que poner el de Valeria. Valeria es la nieta de Antonio. Me has puesto su nombre. Y no me lo has puesto tú, ha sido él, esto es una señal para que sepa que tú eres la persona que tiene que estar a mi lado y ayudarme —le aseguré visiblemente emocionada, pero sin llegar a llorar.

—Me dejas de piedra, Tamara. No puedo articular palabra.

—Hoy no quiero continuar, necesito asimilar todo esto. Sigo sin fiarme al cien por cien, pero tengo ganas de hablar contigo. ¿Tienes hueco para hacerlo mañana?

—Sí, por supuesto. ¿A las tres te viene bien?

—Hecho, hasta mañana.

Y así comenzó todo.

¿Nueva etapa?

Suena el despertador. Al apagarlo, me caigo al suelo, el móvil no está a la derecha donde lo dejo siempre, claro que tampoco estoy yo en el mismo lugar.

Desorientada, fijo la mirada en el techo, ordeno mis pensamientos, me ubico. Estoy en el salón.

De un salto busco corriendo la cámara de mis hijos. Cuando la encuentro, me siento en el sofá, apoyo los codos en las rodillas y dejo caer la cabeza sobre las manos.

Presiono las sienes con fuerza para intentar aliviar el fuerte dolor de cabeza que tengo. Y por dentro intento saber el motivo que me ha llevado a estar ahí: en el salón en vez de en mi cama. Pero no lo sé, no lo recuerdo.

Me pongo una taza de café y solo dedico diez minutos a leer la prensa y dar los buenos días a mi familia virtual. El resto del tiempo lo paso en Google buscando todo lo relacionado con los episodios que llevo sufriendo desde hace meses.

¿Por qué tengo tantas pesadillas?
¿Por qué me despierto
por la noche sudando en invierno?
¿Por qué paso del llanto a la felicidad
en décimas de segundos?
¿Por qué de repente estoy bien
y al momento empieza
a faltarme el aire?
¿Por qué me dan temblores
por todo el cuerpo?

Cada vez que pulso en una pregunta se repiten las mismas palabras en todas las opciones que me da el buscador: «Psicología, psicólogo, psiquiatra».

A las ocho menos veinticinco aparece Ezequiel, pero ya no cambio la cara. Me muestro como estoy: nerviosa.

—Hola, papá, he amanecido en el sofá, no sé por qué, no me acuerdo. Estoy nerviosa, hoy he quedado para hablar con Luz. Estoy mirando en internet, buscando sobre los síntomas que tengo, y toda la información que me sale sobre lo que me sucede coincide en que debería ver a un psicólogo. Pero como no sé qué me pasa, no voy a saber explicárselo.

—Bueno, cariño, tú sabes que no estás bien, y has dado un gran paso pidiendo ayuda. Sé que no te fías, pero prueba a verla y si no te sientes cómoda, lo dejas.

No quiero esperar a despertar a los niños para sentirme bien. Desde ya tengo que motivarme: voy a organizar un planazo para este finde.

Durante el camino al cole me siento llena de energía. Y así sigo durante todo el día.

TENGO QUE SACAR ALGO POSITIVO DE ESTO

Puede ser la solución a mi problema, o no, no lo sé. Pero hasta el momento, la actitud es positiva.

He comido y no he vomitado. Estoy alucinando porque, de cada cinco comidas, cuatro las devuelvo. Ya sé que la raíz está en mi problema estomacal, en mi gastritis alérgica, pero justo ahora los nervios se me agarran continuamente al estómago y me provocan más náuseas.

Tengo que reconocer que después de haber hablado con la psicóloga me he quedado mucho más tranquila. Que las sesiones sean *online,* para poder estar más cómoda y elegir el lugar donde quiero realizarlas, me hace sentir bien.

Le he dado vueltas, me he visualizado y es cierto que ha sido muy buena idea hacer las sesiones así. Me apetece estar en un ambiente elegido por mí, con mi café, mi música y mi tabaco. Más adelante, si decido continuar, veré si me atrevo a hacerlas en modo presencial.

A las tres menos cinco estoy preparada, con mi café en mano, las puertas de la oficina cerradas, la música sonando y un potente dolor taladrando mi cabeza.

Abro la aplicación del Skype y espero ansiosa esa llamada, aunque por otro lado casi desearía que algo fallara, que no pudiera llamarme, para librarme de la incertidumbre que me envuelve de arriba abajo.

¿Cómo será esto a lo que me enfrento?

Mierda, está en línea, no me salvo. Me llama.

Ahora que lo pienso, hablar de tus problemas a alguien que no conoces desde el ordenador me resulta frío. Hace tiempo tuve terapia con un psicólogo, pero fue en su consulta, formada por una mesa con dos sillas y yo contándole mis problemas. Es un entorno mucho más aséptico, pero al menos estábamos más cerca. Sin embargo, Luz me comenta que voy a sentirme más cómoda en mi ambiente porque estoy en el lugar que he elegido para sentirme así. Vale, vale, fuera pensamientos negativos. No voy a poner más pegas de las que ya le he puesto.

Las manos no dejan de moverse, las froto y presiono todo el tiempo. Estoy sudando, pero no sé si ella lo ve. Me estoy empezando a marear, necesito abrir la ventana sin que se dé cuenta de lo que me está pasando.

Me muero de vergüenza.

—Tamara, ayer hablamos un poquito por teléfono, hoy ya nos ponemos cara. En esta sesión no vamos a trabajar, solo a conocernos mejor, también te voy a contar cómo trabajo yo. Esta primera sesión es gratuita, después las cobro a cuarenta y cinco euros cada una. Mi única intención con mis pacientes es que terminéis el camino que empezáis junto a mí para que podáis caminar solos. Vamos a partir de la base de que tú aquí no eres Tamara Gorro, esa chica popular; aquí y ahora eres una paciente más, como tantos otros que tengo. ¿Cómo te sientes ahora mismo? Te noto fría, distante, pero lo entiendo, no creas.

—Exacto, estoy distante, Luz, me siento extraña. En realidad, no sé qué hago aquí. Perdóname, de verdad, pero siento muchas cosas, tengo muchas dudas y pensamientos enfrentados. Siento que en el momento que me preguntes qué me pasa no te lo voy a poder decir porque no lo sé ni yo. Creo que esta es una etapa mala como la podemos tener cualquiera, solo que ahora estoy sufriendo unos episodios raros y cada vez me siento peor. Por eso he pedido ayuda. Pienso que me va a ocurrir lo mismo de la otra vez, cuando pasé por el proceso de ser madre. Acudí a un profesional y no pude continuar, pero por mi culpa, porque no me fiaba de nadie, incluso mentí y, evidentemente, dejé de ir. Si esto va de contarte mi vida, ni de coña voy a abrirme. Porque tengo pánico a que me defraudes, a que me vendas o a que me utilices para tu beneficio. Siento y sé que tengo que ponerme en manos de un profesional, que las señales que ayer me dio la vida no son casualidades y que tú eres la persona que me tiene que ayudar, pero tengo miedo. No sé, Luz, son muchas cosas las que siento y pienso. Estoy agobiada. Y, además, ahora mismo tengo un dolor de cabeza tremendo.

—Tamara, relájate. En primer lugar, sería muy fácil por mi parte, y poco creíble para ti por el estado en el que estás, decirte que puedes confiar en mí. Evidentemente, nosotros somos profesionales y no solo yo, sino que todos trabajamos con el paciente, no con el personaje. La confidencialidad es la base de nuestro trabajo. Pero como te dije ayer, y esto te sonará a chino y vas a creer que es una milonga que te estoy contando, los tiempos, el ritmo y lo que quieras contar los vas a marcar tú. Lo único que quiero pedirte es una cosa: cuenta lo que quieras, pero nunca me mientas. Y, por último, y contestándote a otras dudas: no confíes en mí, pero confía en ti y ayúdate. Sabes que lo necesitas, conmigo o con otro profesional, pero es algo que debes hacer. Ya has dado el gran paso para pedir ayuda y ese es el más importante y difícil. Y ahora, ¿me dejas hacerte una pregunta?

—Sí, claro, tengo que reconocer que tu voz me transmite paz, que me aporta tranquilidad...

—¿Cuáles son tus preocupaciones ahora mismo?

—Ninguna, los míos tienen salud, tengo trabajo, familia, amigos, una buena economía. Tengo todo lo que podría desear y soy consciente de que soy una afortunada, por eso no sé por qué estoy así. Sin embargo, aunque creo que no tengo problemas y poseo todo lo que se puede desear, me siento perdida y vacía. Y esta situación me está desesperando.

—Bien, mira, Tamara, imagina que eres una niña de cinco años y que te cuelgan una mochila vacía en la espalda. Cada mes te van introduciendo una piedra pequeña en ella, una, dos, tres, cuatro, otra otra y otra, y así sucesivamente todos los meses durante años. Por lógica, sucederán dos cosas: la primera, que a medida que pase el tiempo, la mochila se irá llenando, tanto que un día no entrarán más piedras. Y la segunda, que según se vayan introduciendo esas piedras, la mochila pesará cada vez más hasta un punto en el que te vas a caer y no vas a poder levantarte, a no ser que te ayuden a hacerlo, a no ser que alguien te ayude a vaciar esa mochila. Por tu cara creo que me estás entendiendo...

—Estoy perpleja, llevo contigo treinta minutos y en ese tiempo me has hecho ver lo que llevo buscando mucho tiempo. ¿Quieres decir que lo que me está sucediendo tiene que ver con el pasado? Porque yo he tenido una vida muy bonita, Luz.

—Lo que quiero decirte es que muchas veces no estamos mal por el ahora, por el presente, que también suma, por supuesto; son pequeñas piedras. Estamos mal porque arrastramos el pasado y lo que sucedió entonces sale con los años. Nadie niega que hayas tenido una vida preciosa, pero pueden existir hechos del ayer que estén marcando el hoy. En terapia lo iremos viendo.

—¿Terapia? Estoy sudando, Luz.

—Vamos a cambiarle entonces el nombre, será esa mochila llena de piedras a las que vamos a poner nombre una a una conforme las vayamos sacando.

—Me gusta más esa definición, me asusta menos. ¿Podemos empezar mañana, Luz? Créeme si te digo algo, soy una mujer que siempre dice lo que piensa en todo momento. Ahora, al igual que te he transmitido mi desconfianza hacia ti, cosa que sigo teniendo, también te digo que me siento cómoda, estoy a gusto. De repente, creo que puedo darle una solución a lo que me sucede.

—Claro que sí, estoy segura de lo que harás genial. Mañana de nuevo nos vemos a las tres. Un besito y ten confianza en ti.

¡Qué fuerte, qué fuerte! No me lo creo, Dios mío.

Esta mierda se va a acabar ya, lo sé. Voy a terminar con lo que me sucede, o al menos sabré qué es y por qué.

¿Y esta música triste que estoy escuchando? Voy a poner un poquito de ritmo, me apetece bailar y compartirlo en mis redes. Esta mañana le dije a mi familia virtual que estaba mal. Pues toca mostrarle cómo estoy ahora. Motivada.

Mañana será un gran día.

DÍA 1

NO ME FÍO DE NADIE

Querido diario:

Me siento extraña escribiendo y volviendo de nuevo a ti como cuando era niña. Bueno, y no tan niña, porque he tenido unos cuantos como tú a lo largo de mi vida, pero necesito hacerte cómplice de nuevo.

Mi primer diario me lo regaló mi madre. Recuerdo que tenía una portada llena de colores y un candado con dos llaves que guardaba como un tesoro. En él escribía lo que me ocurría: mis días en el colegio, lo que hacía con mis amigas y todas las ideas, pensamientos o sueños que me venían a la cabeza.

En mi adolescencia tuve otro que recuerdo con especial cariño porque lo hice yo misma. Se trataba de un pequeño archivador de color azul oscuro que forré con un papel de regalo morado con dibujos de Pluto porque, aunque yo ya me creía una mujer, me seguían encantando los dibujos animados.

En él pegaba lo que para mí era importante: una entrada de cine de aquel día que fui con el chico que me gustaba o el anillo que me regaló un novio y que me hizo muchísima ilusión, porque era uno que tenía fichado en el barrio de mis yayos en una tienda de Todo a Cien pesetas. También me servía para escribir sobre mi día a día en el instituto, sobre las noches de discoteca o las movidas con mis amigas.

Pues sí, querido diario, como te decía, me noto muy extraña e incluso algo vulnerable escribiendo de nuevo sobre lo que siento, aunque también intuyo que me vas a ayudar mucho. Eres el único que sabrá a ciencia cierta lo que llevo dentro en esta compleja etapa en la que ahora me sumerjo.

Hoy empiezo una terapia con la psicóloga.

Te confieso que no estaba preparada para nada porque tengo miedo a que ella me falle. Pero cuando Luz —así se llama— y yo hablamos la primera vez, me llegaron unas señales —muy personales, pero potentes— que me hicieron dar el paso hacia delante.

Antes de llegar a esa llamada he tenido mi propio proceso, no te voy a engañar. No ha sido nada fácil. He llegado incluso a mirar el significado de «terapia» en el diccionario de la RAE: «Tratamiento empleado en diversas enfermedades somáticas y psíquicas, que tiene como finalidad rehabilitar al paciente haciéndole realizar las acciones y movimientos de la vida diaria».

La verdad es que el término en sí me asusta por la barrera que he construido basada en mi desconfianza. Me sumerjo de lleno en el tema, busco en los foros, necesito tener toda la información posible, mi cabeza no para y, aunque veo que a muchas personas les funciona,

no puedo evitarlo. Tengo miedo.

Y ya no solo por mis miedos e inseguridades, también porque no sé qué me voy a encontrar.

Ayer, Luz me dijo algo que me ha descolocado bastante, no paro de darle vueltas a la cabeza; me ha insinuado que quizás lo que siento no es por las cosas que me suceden en el presente, que también suman, claro, sino por las cosas que viví en el pasado.

El mensaje me provoca desasosiego. Pienso, pienso y pienso qué es lo que me ha llevado a este punto.

Por la noche no he parado de despertarme, inquieta, y sin parar de darle vueltas a esta idea. ¿Qué sucesos trágicos habrán sido esos que me han podido marcar tanto?

Yo creo que mi vida ha sido preciosa, sin ningún trauma o problema serio que pudiera interferir en mi presente.

La parte positiva de estos desvelos nocturnos es que no han sido por pesadillas ni nada parecido. Solo por inquietud ante la incertidumbre de la terapia y los pensamientos recurrentes sobre mi pasado. ¡Qué guay!, ¿no?

Bueno, ya seguiré contándote, tengo que dejarte ahora. He de ponerme en marcha, llevar a los niños al colegio y trabajar, y luego acudir a mi primera sesión.

Cuando la termine, y antes de irme al cole de nuevo a por los peques, te cuento cómo me ha ido todo.

Ya estoy aquí, ufff...

Tengo muchas ganas de llorar, aunque no sé por qué. Bueno, sí, creo que es porque he tocado un tema que me ha emocionado bastante, o me ha dolido, no te sabría decir qué ha sido concretamente.

Tengo un lío tremendo en la cabeza.

Presiento que como esto sea así siempre, no lo voy a pasar muy bien, pero Luz me ha tranquilizado diciéndome que habrá días mejores y otros peores. Que el camino no va a ser fácil, pero para mí será el mejor.

¿Me dejas que te cuente todos los detalles? Estuve trabajando toda la mañana, muy feliz, alegre, con reuniones interesantes, haciendo contenido para mis redes sociales.

Minutos antes de conectarme a Skype para hablar con ella, organicé mi set. Como estaba en la oficina del centro de Madrid, les pedí a mis compañeros que se fueran a trabajar al despacho más alejado para evitar que me escuchasen.

Me preparé un café, el tabaco, me puse una vela y la música que más me apetecía como fondo para ese momento. Esta vez tomé la iniciativa y, sin esperar a que ella me llamase, marqué yo. Tenía muchas ganas, bueno, más que ganas, una tremenda curiosidad por empezar.

Fue verla aparecer en el ordenador y no sé por qué, pero me empecé a sentir más tranquila. Es curioso cómo a través de una pantalla se puede trasmitir tanta dulzura. La verdad es que su voz es tremendamente dulce.

Después de saludarnos, me enseñó un cuaderno explicándome que en él iba a escribir todo lo que trabajásemos juntas.

Al momento, mirándome a los ojos con mucha atención, me preguntó:

—¿Cómo te sientes ahora mismo, Tamara?

—Bien —contesté.

—Cambia la palabra —me replicó.

—Intranquila —me sinceré.

—Respira profundo. ¿Qué partes del cuerpo sientes?

—La cabeza.

Cada vez me iba notando más cómoda, pero no quería bajar la guardia para no hablar más de la cuenta. Aunque alguna tecla tuvo que tocar porque sin darme cuenta ese miedo se fue esfumando.

—Tamara, necesito conocerte, pero desde pequeña. ¿Cómo eras?, ¿qué te gustaba?, ¿a qué jugabas?... ¿Cómo te definirías de niña?

—Dulce, cariñosa, risueña, con carácter, muy atenta, observadora...

—¿Qué recuerdos tienes de entonces?

—Tengo muchos.

—Dímelos, no hay prisa, te escucho atentamente. Quiero conocer a esa niña como si la tuviera delante.

—Tengo uno en casa de mis yayos, jugando en el salón a las tiendas. Extendía una sábana en el suelo y ponía encima muchas cosas para vender: pinzas de tender la ropa, el mando de la tele, muñecas... Recuerdo también a mi yaya en la cocina, haciendo la cena y gritándome para que pusiese la mesa. Esta mesa me encantaba, era redonda, muy pequeña, y tenía un mantel de ganchillo blanco. Después de cenar siempre me llamaba mi madre antes de irme a dormir.

—¿Dónde estaba tu madre?

—Trabajando. Ella era quien me llevaba al colegio por las mañanas, pero ya no la veía hasta el día siguiente. Mi madre trabajaba en un bingo, desde mediodía hasta las cuatro de la madrugada.

—¿Cuántos años tenías entonces, Tamara?

—Siete u ocho, no lo recuerdo bien.

—Retrocede unos años más atrás. Yo te ayudo, tranquila. Después volveremos a este punto. Vamos a ir poco a poco. ¿Vivías con tus padres?

—No. Ellos estaban separados. Yo no recuerdo haber vivido con mis padres en la misma casa nunca. Sé que ellos convivieron, pero yo solo me acuerdo de haber vivido en casa de mis yayos.

—¿Pero no tenías contacto con tu padre?

—¡Sí! Mucho, lo veía bastante, hasta el día que murió, bueno, hasta meses antes.

—¿Por qué meses antes?

—Porque no me lo contaron. No pude despedirme de él.

—Qué duro. Vamos a hacer una cosa. Cuéntame todo lo que recuerdes hasta el momento en el que te enteras de que tu papá fallece. Retrocede a cuando eras muy pequeñita y háblame de los recuerdos que tengas con tu mamá, con tu papá, de los juegos que te gustaban...

—Vale. Quizás el primero es el de una imagen que tengo que siempre me viene a la cabeza y que nunca he olvidado. Tendría que ser muy muy pequeña porque mi padre me llevaba en brazos.

—¿Cuál es?

—Estábamos en el kiosco del barrio de mis yayos, mi madre estaba de pie, vestida con pantalón vaquero oscuro y una capa o chaqueta marrón, el pelo largo y rubio, suelto. Se tapaba la cara con las dos manos, pero se le veían los ojos, y no paraba de llorar. Y solo repetía: «Tranquila, hija, tranquila, mi niña, lo vas a pasar muy bien, mi princesa». Yo, cada vez la escuchaba más lejos. Mi padre caminaba y se alejaba conmigo. Yo no dejaba de chillar y de llorar. «Mamá, no me quiero ir», gritaba, mientras extendía los brazos hacia mi madre para intentar quedarme con ella.

—Intuyo que ahí tus padres ya estaban divorciados y había una custodia...

—Sí. Yo, evidentemente, entonces no sabía qué pasaba. Solo que no quería irme con mi padre.

—¿Por qué, Tamara?

—No te sabría decir, porque existieron muchos capítulos desagradables, pero no como aquel. Solo recuerdo ese día en el que no me quería ir. También tengo *flashes* en los que me llegan recuerdos de mi madre, en la habitación, enseñándome fotos de mi padre, hablándome de él y diciéndome que me quería mucho y que tenía que pasar tiempo con él igual que pasaba tiempo con ella. Que me iba a divertir mucho.

—¿Y ahora sí sabes el motivo?

—Sí. Mi madre conoció a mi padre estando él muy malito en la cama. Una amiga suya fue a visitarlo a su casa y ella la quiso acompañar. Desde el primer día que se vieron se enamoraron, eran muy jóvenes, tenían solo diecinueve años. Comenzaron a salir juntos y mi madre se quedó embarazada de mí. Cuando yo nací, vivíamos los tres en una casita muy pequeña en Móstoles. Luego, con tan solo tres meses de vida, una noche, mi madre cogió una bolsa de tela rota, metió toda la ropa que pudo y se fue corriendo a casa de mis yayos. Desde ese día mis padres no volvieron a estar juntos.

—¿Qué sucedió?, ¿lo sabes?

—Sí, pero déjame terminar para que lo entiendas mejor.

—Ok, sigue.

—Desde ese momento empezamos a vivir en casa de mis yayos. No recuerdo absolutamente nada de esa época. Cuando sucedió lo del kiosco y que no me quisiera ir con él fue por una razón. Porque estuvo ingresado durante mucho tiempo y no pudo verme. Cuando salió, decidieron que lo mejor era que me viera en un parque y tener un acercamiento. Yo era muy pequeña y no le iba a recordar. Me costaría irme con él. Y es lo que sucedió en el recuerdo que te he contado, que no hubo manera de que me acercase a él, de forma que acabó cogiéndome en brazos y llevándome con él. Con mis consiguientes lágrimas por no querer separarme de mi madre. Según iba pasando el tiempo, empecé a irme con mi padre sin llorar y hasta con ganas.

—¿Te acuerdas de cómo vivía tu madre esta situación?

—Mi madre me dijo que poco a poco todo se iría normalizando y así fue. Ella siempre me ayudó mucho cada vez que tenía que irme con él. Me daba buenos motivos para hacerlo y me tranquilizaba un montón. Cuando me iba con mi padre los fines de semana, primero merendábamos en el Oskar Burguer del barrio. Allí, mi padre me decía que llamase a mi madre para que viniera a merendar con nosotros. Él siempre me hablaba maravillas de ella. Yo la llamaba desde la cabina que estaba dentro del local, con una moneda que él me daba, pero ella me decía que estaba trabajando. Ahora sé que era mentira. Luego me llevaba al Hollywood Cat, un sitio donde estaban

Batman y su coche, y también los personajes de mi película favorita, *La familia Addams*. Después nos íbamos a su casa en Sevilla la Nueva, un chalet grande con piscina. Recuerdo cuando empezó a gustarme irme con él, porque jugaba mucho conmigo. Lo que más me gustaba era dormir juntos porque veíamos películas desde la cama. También recuerdo que me daba de cenar dos días seguidos tortilla francesa, la hacía fatal, ja, ja, ja, ja.

—¿Y de qué episodios desagradables me hablabas antes?

—De muchos, uno de ellos fue en el portal de mi yaya, con ella de la mano, íbamos a comprar y de repente apareció mi padre acompañado de un familiar.

—¿Quién?

—No te lo quiero decir.

—De acuerdo, no te preocupes.

—Mientras mi yaya andaba cada vez más rápido, agarrada fuertemente a mi mano, a mí me costaba caminar y empezaba casi a correr. Miraba para atrás y veía a esa persona y a él detrás. Y solo escuchaba: «Dámela, dámela». Y mi yaya solo respondía: «No te toca Javi, por favor, su madre está trabajando. Tú no quieres hacer esto, hijo». Pero esa otra persona que le acompañaba gritaba cada vez más y le pedía con insistencia que me cogiera. Él chillaba: «No quiero, vámonos por favor, Pitu —así me llamaba—, tranquila, mi amor, no estés asustada».

—¿Se repitió alguna situación similar?

—Sí. Otro día estaba jugando enfrente del portal de mi yaya mientras ella comía pipas con las vecinas. Mi yaya hablaba de pie con sus amigas, cuando de repente vi cómo mi padre apareció de nuevo con esa persona. Yo fui hacia él corriendo, lo abracé y él me dijo: «Solo vengo a darte un besito, Pitu». Mi yaya se quedó donde estaba, tranquila, pero a los minutos noté que me tiraban del brazo: era esa persona que acompañaba a mi padre que me empujaba hacia un coche. Rápidamente todos los del barrio fueron hacia donde estaba yo. En décimas de segundos vi a mi padre chillar, diciéndole a esa persona: «Déjala, joder, vámonos». Yo escuchaba muchos gritos, veía a mucha gente a mi alrededor, hasta que oí a mi yaya decir: «Emilia, llévatela». Ella, que era una de las vecinas del barrio, me subió a su casa. De estas situaciones recuerdo varias, incluso una en la que agredieron a mi yaya tirándola al suelo de una patada.

—Por lo que me cuentas, los malos recuerdos que tienes no son por tu padre, con él tienes más buenos que malos, ¿no?

—Exacto. En la imagen que tengo de esos momentos mi padre estaba tranquilo, no me llevaba a la fuerza, y le veía muy bien con mis abuelos, había muy buena relación entre todos. Era esa otra persona la que lo alteraba todo. Y sí, sin duda tengo muchos recuerdos bonitos con mi padre, con él pasaba momentos únicos. Mi padre era muy bueno, me adoraba y adoraba a mi familia, le quería todo el mundo.

—No entiendo, ¿qué pasó entonces para que se separasen?, ¿qué ocurrió ese día para que tu madre tuviera que salir de casa y nunca más volver?

—Esto es justo por lo que antes te dije que te tenía que seguir contando. Luz, hasta los doce años yo nunca supe esta historia ni el motivo real de la muerte de mi padre. Mi madre, aún hoy, me sigue diciendo que ella no me lo hubiese dicho nunca con tal de que yo no sufriera. Pero tuvo que hacerlo porque me enteré de todo de una manera trágica y al preguntarle no quiso mentirme más. Mi madre siempre mantuvo que mi padre había muerto de un derrame cerebral. Uf, me cuesta decírtelo, nadie sabe la verdad, evito contarlo, incluso miento. Como te comentaba, conoció a mi padre enfermo por culpa de las drogas. Estaba en un momento muy débil. Se enamoraron y mi madre se propuso ayudarle. Esto me lo cuenta ella y varios amigos del grupo de los dos.

—¿Logró superar su enfermedad?

—Sí, mi padre consiguió superarlo y decidieron que querían tener un hijo, pero cuando yo nací, él tuvo una recaída bastante grave. Mi madre incluso le vio un día pincharse delante de mí. Yo no me daba cuenta de nada, pero ella le dijo que jamás permitiría que eso volviese a suceder, cogió las cosas y nos fuimos. Él, por su deseo de querer estar con mi madre y conmigo, ingresó en Proyecto Hombre. Durante ese tiempo no le vi, por eso, cuando volvió tras tener el alta, sucedió ese primer episodio del que guardo un recuerdo tan potente. Después ocurrió lo que te he contado sobre mis fines de semana con él, cuando ya sí quería verle, y cuando me insistía siempre para que llamara a mi madre, y cuando no dejaba de hablarme maravillas de ella. Ahora le veo sentido a todo aquello. Estaba perdidamente enamorado, pero mi madre ya había tomado la decisión de separarse. Además del motivo principal, hubo otros muchos —dolorosos y traumáticos, que solo a ella le pertenecen—, que fueron los que provocaron su separación. Después del divorcio siempre hubo mucho respeto entre ellos. Sin embargo, desde entonces, mi padre nunca llegó a levantar cabeza, su hija y su mujer eran para él lo más importante, y como no nos tenía todo lo que deseaba, se refugió aún más en las drogas, que lo enfermaron tanto que acabaron con él.

—Tamara, cuánto dolor para una niña tan pequeña.

—Sí, pero yo recuerdo a mi padre de manera extraordinaria, era un hombre elegante, guapísimo, con educación, culto, trabajador. Jamás le vi pinchándose delante de mí. De no saber todo lo que pasó, nunca hubiese imaginado que lo hacía.

—Antes dijiste que no te pudiste despedir de él.

—No, y eso me duele en el alma.

—¿Y cómo te enteraste de su muerte?

—Llevaba mucho tiempo sin estar con él. Preguntaba a mi madre, pero me decía siempre que estaba trabajando. Hasta que, de repente, al no tener noticias suyas, mi madre llamó a gente de su entorno y le dijeron que estaba malito, muy malito. Ella telefoneaba constantemente, pero nadie la atendió. Incluso llamó a su abogado y le pidió que, por favor, hiciera lo posible para que alguien la informara de lo que estaba sucediendo. Un día la llamaron y le dieron la triste noticia de que Javi había fallecido. Esa tarde yo estaba en casa jugando con mi mejor amiga del barrio, y desde la habitación escuché a mi madre llamándome para que bajase a la cocina —yo ya vivía con mi madre en una casita que había comprado—. Le pidió a mi amiga que se quedase arriba unos minutos y que yo bajara. Nos sentamos en el banco de la cocina, tenía la cara muy roja y los ojos hinchados, yo comencé a reírme porque no entendía la situación. De pronto, me agarró las dos manos con las suyas, las apretó y me dijo entre lágrimas: «Tamara, cariño, tú sabes que las personas muchas veces tenemos que irnos al cielo para cuidar de los que están aquí abajo ¿verdad?». Asentí, y entonces me dijo: «Cariño, llevas tiempo sin ver a tu papá porque él se puso malito y ahora ya se ha tenido que ir al cielo para cuidarte desde allí». En ese momento me quedé pensativa, hasta que entendí que mi padre había muerto y que nunca más le iba a volver a ver.

—¡Qué instante tan terrible! Cuánto lo siento. ¿Y recuerdas cuál fue tu primera reacción?

—Salí corriendo y llorando hacia la habitación, allí estaba mi amiga, que me miraba muy asustada, mientras yo golpeaba todo lo que me encontraba delante: tiré de la sábana de la cama para deshacerla, chillaba y pataleaba. Mi madre le pidió a mi amiga que se fuera y amablemente la acompañó a la puerta de su casa, al lado, ya que éramos vecinas puerta con puerta. Luego, vino a por mí, se sentó en el suelo y me abrazó con fuerza para calmar mi ira. Yo solo le gritaba que le quería ver: «Mamá, le quiero ver, mamá, le quiero ver». Conseguí quedarme dormida entre sus brazos, pero durante la noche me despertaba llorando, ella me abrazaba. Por la mañana me preguntó si quería ir al colegio o si prefería que nos quedásemos en casa. Decidí ir. Estando allí, recuerdo solo el momento del patio, cuando me fui sola a una esquina que había al final de la pista de fútbol, me arrodillé y me puse a llorar, deseaba ver a mi papá, quería ir al entierro. Gema, una profesora muy joven se acercó, se inclinó y me dijo: «Tamara, cariño, ¿llamo a tu mamá y te vas con ella a casa?». Asentí con la cabeza. Vino mi madre a por mí y nos fuimos. En casa le dije que quería llevarle flores y ella me dijo, entre lágrimas, que no sabía dónde estaba enterrado, que nadie se lo decía.

—Entonces, ¿no sabíais dónde estaba tu padre?

—No. Y así fue cómo, con solo ocho años, comencé a llamar a familiares, pero para mi desesperación me colgaban el teléfono una y otra vez. Un día sí que me atendió una persona. Yo estaba llorando desesperada y le pedí, por favor, que me dijese dónde estaba enterrado mi padre. Su respuesta fue: «No lo sé». Mientras mi madre trabajaba, mi yaya y mi tío, a petición mía, me llevaron a varios cementerios cuando yo salía del colegio. Buscábamos tumba por tumba el nombre de mi padre. No lo encontramos. Yo seguía llamando todos los días, pero nadie me atendía, hasta que por fin me cogió el teléfono mi abuelo, él era muy buena persona, me adoraba. Casi susurrando me dijo nada más saludarle: «En el cementerio viejo, al fondo a la izquierda, te quiero, hija», y colgó. Rápidamente, mi yaya se vistió y nos fuimos caminando hasta allí. Recorrimos varias tumbas, muchas de ellas solo estaban cubiertas con arena, y ahí estaba él. Familia Gorro. Mi padre. Lo encontré. Me abalancé sobre la lápida, recuerdo que estaba muy fría, pero que era preciosa, de mármol gris con manchas negras y rodeada de flores. Mi yaya estaba detrás de mí llorando. Se arrimó y dijo en voz alta: «Javi, hijo, te queremos mucho». En ese momento se acercó una mujer, llorando también, y me abrazó. Yo no sabía quién era, pero tenía que conocer mucho a mi padre por lo que me dijo: «Tamara, cariño, eras la niña de sus ojos, tú y tu mamá. Has sufrido mucho siendo tan pequeña, él nunca lo hubiese querido. Te amaba con locura». Me cogió la cara con las manos y, mirándome a los ojos, sonrió: «Eres una mini Javi». Luego se dirigió a mi yaya: «Cuidaos mucho, cuidadla, por favor, y gracias por todo lo que habéis hecho por él». Mientras caminábamos hacia la salida, yo no dejaba de mirar hacia atrás, sentía que me alejaba... Durante bastante tiempo estuve yendo al cementerio todas las tardes al salir del colegio, hablaba con él y me sentía feliz. Al poco tiempo hice la comunión. El recuerdo que mi madre hizo para los invitados fue una foto mía. Yo le dije que quería pegarla en la tumba de mi padre para estar siempre junto a él, ella me dijo que por supuesto, y que me ayudaría a hacerlo. Fuimos una tarde, la pegamos con silicona, quedó preciosa. A los pocos días, cuando fui a visitar a mi papá, la foto ya no estaba, pero sí la silicona... La tristeza me invadió.

—¡Qué difícil! Eras muy pequeñita. Creo que es importante que te pregunte algo que considero esencial: ¿cómo te enteras de la causa real de la muerte de tu padre?

—Me duele mucho recordarlo. Poco después de fallecer mi papá, llamé a gente de su entorno, no quiero decirte a quién, y decidí irme a pasar unos días con ellos. Mi madre estaba muy asustada, esto lo sé ahora, aunque a mí nunca me lo confesó, al revés, siempre tuvo esa actitud que la caracterizaba, animándome para acercarme a mi padre y a su familia. El segundo día de estar allí, una persona, la misma que acompañaba a mi padre al barrio de mis yayos, me encerró en una habitación en la que solo había un cuadro de mi padre enorme y una cama. Y allí me dejó abandonada. Yo intenté salir, chillaba y gritaba, pero nadie me atendía. Recuerdo que esa persona venía con una bandeja con un plato con caldo, pan y agua. Me hablaba, me decía cosas, pero no recuerdo el qué, lo siento.

—¡Es tremendo esto que me estás contando, Tamara! ¿Y eres consciente de cuánto tiempo estuviste allí encerrada?

—Así estuve dos días, allí y sin salir de la habitación. Una tarde, cuando ya era de noche, entró esa persona y me dijo chillando: «Tu padre murió por las drogas, era drogadicto, no murió de un derrame. Tu madre te miente, y que sepas que se pinchaba en los pies. Se acabaron las mentiras, tu único sitio es este, aquí te vas a quedar y aquí es donde tienes que estar, con él». Yo sentía mucho miedo, estaba como bloqueada. Pero no sé si por pánico o por puro instinto de supervivencia, de alguna manera iba asimilando lo que estaba sucediendo. Y no quería saber nada ni quería entender nada, por eso, me tapaba con un edredón que había en esa habitación, porque solo quería dormir, olvidar, desaparecer. En algún momento me desperté, debía ser muy temprano. Sentía mucho dolor de tripa y tenía hambre. Cuando abrí los ojos, lo primero que vi fue a mi padre, tan guapo, en ese cuadro tan grande; al instante empecé a escuchar mucho alboroto fuera de la habitación, me levanté corriendo de la cama y fui hacia la puerta, puse el oído contra la madera y escuché decir: «Tenemos que entrar, ¿dónde está?». Gritaban mi nombre, y yo respondí con un simple «aquí», pero con fuerza y alto. Cuando oí las voces más cerca, corrí hacia la cama y me tiré encima, y me volví hacia la pared agarrada al edredón. Se abrió la puerta y aparecieron tres señores vestidos de verde, como con un uniforme. «Ven conmigo, preciosa», me dijo uno de ellos. Me cogió en brazos y me sacó de la habitación. Según pasamos por el salón, vi a «esa persona» chillando con otro señor. Me metieron en un coche y me ofrecieron una chocolatina. Escuché como un sonido, y el señor que se sentaba delante cogió un aparato, se lo puso en la boca y dijo: «Está con nosotros, llamad a la madre». Luego supe que era la Guardia Civil.

—¿Qué pasó después?

—No lo sé, y me fastidia, pero no lo recuerdo.

—Créeme, es normal, lo has eliminado de tu mente, cariño. Cuando se pasa por episodios traumáticos, a veces el cerebro borra cosas. ¿Qué es lo siguiente que recuerdas?

—Me visualizo con mi mamá, viviendo con ella y a la vez con mis abuelos.

—Vale, nos vamos a quedar aquí, creo que es suficiente. Tengo que decirte que lo has hecho muy bien, has sido muy honesta, te noto con muchas ganas de llorar, pero no sacas las lágrimas. Las lágrimas vendrán. Tienen que llegar en algún momento. Sé que hoy te vas a sentir muy revuelta, no te asustes, es normal. Hemos removido el pasado, y no una parte bonita del mismo, precisamente.

—Sí, no me encuentro muy bien, la verdad.

—Hablamos pasado mañana. Un beso enorme y enhorabuena por la sesión. Has sido muy valiente.

—Gracias, Luz, un beso.

Por eso, querido diario, te decía que tengo ganas de llorar, y ahora lo hago, ahora sí brotan mis lágrimas sin control, pero no por pena, creo que salen por dolor. Algo me sucede por dentro, noto ese nudo en la garganta que llevo sintiendo todo este tiempo. La verdad es que me he olvidado del mundo y me he abierto mucho con ella, he estado cómoda. Pero me siento rara, he vuelto a revivir esos momentos y tengo mucha presión en el pecho.

Volveremos a hablar pasado mañana. Cuando termine la sesión te cuento.

Hasta pronto.

ESCONDIDO EN MI MEMORIA

DÍA 2

Querido diario:

Ayer fue un día extraño, no tuve sesión con Luz, pero estuve muy pensativa y rara.

Aunque no he querido reflexionar demasiado en lo que hablamos en la primera sesión, inevitablemente, todo da vueltas en mi cabeza. Está ahí, al igual que otras muchas situaciones que no conté ese día, muy desagradables todas ellas también, y que, de alguna manera, reviví en la sesión; y seguiré reviviendo —estoy segura de ello— más adelante durante la terapia. Lo que sí ha tenido que ver, estoy segura, es otra cosa.

He soñado con mi padre. Fue algo muy real. Mi madre también estaba en el sueño, éramos una familia feliz. De pronto, el sueño se convirtió en pesadilla. Estábamos jugando los tres en un salón que no reconocí, cuando, de repente, escuchamos muchos gritos y una puerta se abrió tan bruscamente que golpeó la pared y entonces fue cuando me desperté sobresaltada.

Desde que bajé a tomar el café hasta ahora, que estoy en la oficina, el mal humor y el desasosiego no se han ido. Hasta mis compañeros me han dicho que no tengo buena cara. Noto cómo todas mis emociones se han removido. Si tuviera que definirme con lo primero que se me viene a la cabeza, te diría que estoy entre enfadada y llena de rabia.

Ezequiel me ha llamado a media mañana para preguntarme cómo estaba. Él es el único, junto con mis amigos Iker y la Culi, que saben que he empezado a hacer terapia.

No quiero que nadie más lo sepa, ni siquiera mi madre o mi yaya. De esa manera evito que me pregunten qué me pasa. No sabría qué decirles. Porque ni siquiera yo lo sé.

Después de una reunión importante tendré la sesión con Luz. Cuando pueda te escribo y te cuento cómo fue. Siento curiosidad, pero a la vez miedo, porque no quiero que me afecte como el primer día, ni me vuelva a remover o tenga pesadillas. Ni quiero sentirme tan mal como me siento ahora mismo.

Un beso.

¡Qué ganas tenía de contarte, querido diario! Créeme si te digo que llevo pensando en ti toda la tarde.

Me ha sido imposible escribirte antes. La sesión se alargó y tuve que salir corriendo a por los niños porque no llegaba a tiempo.

Después hemos estado jugando como todas las tardes, luego tocaba los baños, las cenas... y mientras observo desde la cama de al lado cómo se quedan dormidos, por fin, estoy contigo.

Me apetece desahogarme antes de bajar al salón con Eze. Quiero contarte qué tal fue la sesión.

En pocas palabras
te diría que estoy revuelta.

Elegí el mismo sitio de la primera vez porque me sentí cómoda e inconscientemente buscaba crear un entorno idéntico con el fin de poder irme relajando.

Y a las tres en punto, sin esperar a que Luz me llamase, marqué su número. No me digas por qué, pero cuando la vi aparecer de nuevo sentí tranquilidad, y eso que aún seguía con el mal humor de toda la mañana.

Empezó preguntándome lo mismo que en la sesión anterior:

—Hola, Tamara, ¿cómo te encuentras?

—Bien, con ganas.

—Cámbiame las palabras.

—Rara, inquieta.

—¿Qué partes del cuerpo sientes?

—La cabeza y el estómago.

—Es normal... has pasado mala noche, ¿verdad?

—No te lo imaginas. He pasado mala noche y por la mañana he estado muy pensativa y de muy mal humor.

—Lo sé. No te asustes, habrá días así, pero también los habrá muy bonitos, ¿ok?

—Ok.

—Venga, vamos a por ello. La otra tarde nos quedamos en ese trágico y duro episodio donde nuestra Tamarita pequeña salía de una casa desconocida en brazos de un agente de la Guardia Civil, que se la llevaba en un coche con varios agentes más. A raíz de ahí, ¿qué sucede?

—No me acuerdo. Esa es una de las cosas que ayer me volvieron loca, hay muchas situaciones que intento recordar y no puedo.

—Es normal que haya momentos e incluso épocas de la vida completamente borrados. Ya te lo comenté. Es un mecanismo de defensa para no tener que soportar el dolor que nos provoca recordarlos. Vale, no pasa nada, vamos a ir poco a poco. ¿Pasas a vivir con tu madre y tus yayos?

—Sí, te cuento. Cuando me enteré de que mi papá había fallecido vivía con mi madre. Pero como ella trabajaba muchas horas, yo me quedaba con mis abuelos, excepto los días en que mi madre libraba, que nos íbamos a nuestra casa.

—¿Siempre trabajó en el bingo?

—¡No!, que yo recuerde también trabajó en un búrguer y como limpiadora.

—Pero ahí serías muy pequeña, ¿no?

—Me bailan las fechas, Luz. No sé qué edad tendría más o menos, pero sí, ahí era bastante pequeña, creo.

—¿Recuerdas algo de esa etapa o nada?

—Sí, recuerdo cosas.

—¿Te apetece contármelas?

—Sí, claro. Recuerdo que muchas tardes iba con mis yayos a merendar a su trabajo en un búrguer que estaba en un barrio al lado del nuestro. Me encantaba ir porque allí me juntaba con mi amiga Collet. Ella era la hija de la mejor amiga de mi madre, Placi, que también trabajaba en ese sitio. Nos gustaba llegar y pedir en la barra, a la que casi ni llegábamos por la altura. Nos pedíamos un perrito con patatas fritas y unas tortitas con nata. Nuestras mamás nos daban un beso y nos quedábamos un rato mirándolas cómo hacían hamburguesas o lo que pidieran los clientes. Lo hacían muy rápido y superbién.

—¿Qué hacíais después? Porque vuestras madres estaban trabajando, ¿no?

—Con nuestra bandeja y muy felices nos subíamos a la planta de arriba, donde había un tiovivo pequeño que no paraba de dar vueltas. También había muchas mesas para sentarse. Collet y yo nos pasábamos las horas allí jugando. Mi yaya, que se quedaba con nosotras, cuando ya era de noche y el búrguer se iba quedando vacío, me daba un beso y se marchaba. Mi amiga y yo nos quedábamos allí con nuestras madres. Ellas cerraban el local y comenzaban a limpiar, ponían todas las sillas encima de las mesas, excepto cuatro: dos para Collet y dos para mí. Juntaban una contra otra, nos tumbábamos y nos quedábamos dormidas. Tengo también el recuerdo de que mi madre me cogiera en brazos y me susurrara al oído: «Soy mamá, mi amor, duerme, que ya nos vamos para casa». Y entonces me ponía una chaqueta o una manta por encima para protegerme de la lluvia en la calle. Recuerdo el ruido que hacía, como suspirando por el cansancio, mientras caminaba hacia nuestra casa conmigo en brazos.

—¿Trabajaba todo el día en el búrguer doblando horas?

—Si, trabajaba todo el día en el búrguer, primero haciendo y sirviendo hamburguesas, y luego por la noche, le ofrecieron también la limpieza. De esa manera se sacaban un sueldo extra.

—Tuvo que ser una época complicada y dura para tu madre.

—Pues sí, mucho, Luz. Recuerdo a mi madre trabajando duro, pero al mismo tiempo siempre atendiéndome. Tengo una imagen guardada en mi memoria que tiene que ver con esto.

—¿Cuál?

—Para ir al colegio, yo siempre llevaba un chándal negro con los laterales blancos y corchetes también negros. Al llegar a casa mi madre lo lavaba para el día siguiente. Las zapatillas eran negras y tenían también dos corchetes a los lados para poder atarlos con los cordones. Una de las zapatillas se fue desgastando, hasta que se hizo un agujero y se me veía el calcetín. Mi madre no paraba de repetirme que estaba esperando a que llegasen mis zapatillas favoritas para comprarlas. Ahora sé que eso era mentira, ella no tenía dinero para comprármelas. Un día llegó a casa de mis yayos y me dijo: «Tamara, vístete, que nos vamos a comprar las zapatillas, ya han llegado». Fuimos a la tienda del barrio y me dio a elegir entre las que había allí.

—¿Eras consciente de que tu madre no tenía una buena economía?

—Con esa edad, jamás. A mí nunca me faltó nada, tampoco lo necesitaba, me conformaba con lo que tenía. Si se rompía mi ropa del cole, que era ese chándal, me daban otro. Tenía mis zapatillas, juguetes, e incluso mi paga, que eran cincuenta pesetas para ir con mis amigos a comprar chuches a la tienda de Pepi.

—Dices que siendo pequeña nunca supiste que tu madre no ganaba mucho dinero para poder vivir. Pero y después, con más edad, ¿fuiste entonces más consciente de vuestra situación?

—Sí, pero ya mucho más mayor.

—Vamos a dejar este tema aquí. Más adelante, ya hablaremos sobre ello. Ahora que ya hemos tocado tus recuerdos de tu madre trabajando en ese búrguer, ¿qué recuerdas de la etapa en la que ella trabajaba en el bingo?

—Como te dije el otro día, mi madre entraba a mediodía y llegaba a casa de madrugada. En esa época ya vivíamos en casa de mis yayos, pero ella siempre se levantaba para llevarme al colegio. La recuerdo esas mañanas con cara de cansancio por haber dormido solo cuatro horas para poder acompañarme al cole. Yo pasaba el día allí muy bien, jugaba mucho, me encantaba. La hora de la salida era mi favorita, porque iba mi yaya a recogerme con el bocadillo de pan con chocolate o con chóped. Cuando llegaba al barrio, me bajaba a jugar a la goma, a las canicas, a las muñecas, o pintábamos con tizas en el suelo y teníamos que saltar.

—¿Quiénes eran tus amigas del barrio?

—No sé, no lo recuerdo...

—¿No?

—No. Sé que andaba por la calle en busca de la gente del barrio, pero no me acuerdo con quién jugaba, la verdad. Sí recuerdo a mi amiga Pili, ella iba conmigo a clase y muchas tardes se venía a casa de mis yayos o yo me iba a la suya. Pasamos las tardes juntas, y cuando venía a mi casa, luego su padre la venía a buscar, o si yo iba a la suya, mi yaya me recogía. Los días que mi madre libraba me encantaban porque íbamos juntas al videoclub, cogíamos una película, nos íbamos a casa y nos tumbábamos en el sofá a verla. Mi madre hacía palomitas y la veíamos entera. Me encantaba estar con ella y me daba rabia tener que verla tan poco porque tuviera tanto que trabajar.

—¿Qué siente esa Tamara pequeña?

—Soledad, me siento sola. Quiero estar con mi madre, me gusta estar con ella, me cuida y me protege. Con mis yayos estoy muy feliz, pero quiero estar con mi madre. La Tamara niña siente que quiere llamar la atención, se nota perdida.

—Y ahora, ¿qué sientes?

—Rabia... impotencia.

—¿Por qué?

—Porque he crecido, Luz, y sé que la vida que mi madre me ha contado no es cierta. Se ha guardado muchos capítulos para no hacerme sufrir. Mi madre ha tenido una vida muy difícil, se queda embarazada de mí muy joven, y desde el minuto uno, como cualquier madre que ama a su hijo, se centra solo en él y trabaja día y noche para darle todo.

—¿Qué sabes de cómo vivió ella toda aquella época?

—Mi madre dejó su vida de lado por mí, nunca salía, solo trabajaba, y el día que tenía libre lo pasaba conmigo. Pero antes, mientras esa niña fue un bebé, mi madre también sufrió mucho. Tuvo una separación complicada, porque, aun queriendo a su marido, tuvo que alejarse de él por el bien de su hija. Tuvo que vivir muchos capítulos desagradables, como el de tener que llamar a la Guardia Civil porque no sabía dónde estaba. Y encima, ella siempre se esforzó en ponerme la mejor cara para que yo no sufriera. Me contó no hace mucho algo que se me ha quedado clavado como un puñal en el corazón. Fue algo trágico y terrorífico que vivió y que la ha marcado de por vida.

—¿Qué pasó?

—No te lo voy a contar porque pertenece a su intimidad, pero ese terrible episodio lo soportó con valentía, porque yo estaba en la cuna y no quería que me perjudicase. Ahora veo a la misma mujer de cuando era pequeña. Entregada, que solo vive para los suyos, que le da igual el universo o ella misma y que no se permite salir ni tener vida social.

—¿No trabaja ahora?

—Lo hizo hasta que yo cumplí mi deseo y mi propósito de quitarla de trabajar en el bingo. Fue algo que me propuse, pero cuando ya tenía más edad. Por eso te dije antes que fui consciente de su dura vida, pero de mayor. De pequeña, lógicamente, no conocía el estado de las cuentas de mi madre, ella tampoco me lo hacía saber. Cuando tuve más edad, con diez u once años, no me acuerdo bien, un día abrí la puerta de mi habitación en la planta de arriba, y mientras bajaba las escaleras para ir al salón, escuché sollozos. Sin hacer ruido, fui bajando despacio, me asomé por los barrotes y la vi sentada en el sofá. Estaba rodeada de papeles, muchos papeles que también había encima de la mesa y del sillón. Tenía una mano en la frente, agarrándose el pelo, y con la otra sujetaba un boli. La veía apuntar cosas y llorar, no paraba de llorar. Me salió el preguntarle: «Mami, ¿qué te pasa?». Ella rápidamente se limpió las lágrimas, soltó el boli y comenzó a sonreír. Me dijo que estaba viendo una película y que la hacía llorar. Pero le pedí que no me mintiera, que ya era mayor.

—¿Y te respondió?

—Me dijo que estaba ordenando papeles y que no pasaba nada. Que esos papeles eran facturas. Entonces no sabía qué eran, pero intuía que algo no iba bien. También había un folio con sumas y restas. Le pedí otra vez que me dijera qué estaba pasando, que ella siempre me recordaba que no había que mentir. En ese momento se giró hacia mí, que ya estaba en el sofá junto a ella, y me preguntó emocionada si yo era feliz.

—¿Y lo eras?

—Sí, mucho. Mi madre me pidió que recordara que la felicidad eran momentos y que eso era lo que ella intentaba darme a mí. Que era una niña especial y que siendo tan pequeña no debería fijarme en ciertos detalles.

—¿A qué se refería?

—A que mi deber era pedir unas zapatillas si se me rompían las mías y que no tenía que preocuparme por los problemas de los mayores. Me recordó que a pesar de estar dos días con velas y sin luz, yo no le había dicho nada, pero ella sabía que yo era consciente.

—Eras extraordinaria, Tamara.

—Eso fue lo que me dijo ella. Pero ya no pude más y le pregunté si no teníamos dinero.

—¿Te lo confesó finalmente?

—Me dijo que sí lo teníamos, pero que a veces se olvidaba de pagar la luz y nos la cortaban, que por eso ponía velas. También me dijo que las zapatillas que me hacían falta las estaba esperando, porque las que tenían en la tienda no eran las que yo quería. Me pidió que no se lo comentara a los yayos, porque si no la iban a regañar. Esto me lo decía riendo mientras me abrazaba. Me mentía, ella quería hacer ver que todo tenía una explicación y era fruto de una casualidad, pero no era así. Mi madre no tenía el dinero suficiente para poder con todo y nos cortaban la luz de vez en cuando, también el teléfono, y tampoco podía comprarme unas zapatillas. Cuando me decía que no se lo dijese a mis yayos era porque no quería ser una carga ni recibir más ayuda de la que ya recibía por parte de mis abuelos, que me cuidaban y me daban de comer todos los días. Ella quería sacarlo todo adelante sola. Desde ese momento, no me digas por qué, pero mi cabeza hizo un clic, me subí a mi habitación y escribí en mi diario malva con dibujos de Pluto que ayudaría a mi madre a conseguir dinero. Y anoté un deseo: quitarla de trabajar.

—¿Y qué hiciste?

—Comencé a trabajar en la panadería del barrio de mis yayos. Bueno, trabajar no es la palabra exacta, ayudar mejor dicho, porque aún era pequeña. Bajaba solo los sábados y domingos, desde muy temprano hasta las tres. Hacía pan y atendía a los clientes, los dueños me adoraban. A cambio me daban el pan gratis y los bollos que quisiera. Recuerdo que siempre subía a casa ensaimadas y dos barras de pan. Me sentía feliz. Al ser más mayor, ya en el instituto, quise dejar de estudiar y me metí en una escuela de peluquería. Comencé a trabajar los fines de semana lavando cabezas, de nueve a ocho de la tarde. Acababa con las manos llenas de sangre de tanta agua y lavados. Recuerdo que me tenía que hacer pis en ellas para que se curasen. Pero me daba igual, solo deseaba salir para ver las propinas que había ganado. Llegaba a sacar quince euros diarios. Lo que más deseaba era que viniera Natalia Figueroa porque ella me daba siempre dos euros de propina, entonces era mucho. Cuando llegaba a casa, le daba a mi madre el dinero, pero no me lo cogía. Me decía que lo guardase y que si alguna vez lo necesitaba, me lo pediría. Y me dio un consejo: «Mi niña, el dinero siempre debes guardarlo. Si ganas quince, gasta tres, el resto guárdalo, y así, si algún día te falta, tendrás ese dinero ahorrado. Mira, Tamara, si ahora mismo yo no tuviera suficiente dinero para algo, tendríamos el tuyo, ¿lo ves?».

—Debes estar muy orgullosa de tu madre.

—Lo estoy. Me lo demostraba una y otra vez, y me educaba con valores muy importantes. Recuerdo que a raíz de aquello me dijo: «Esta botella grande de Coca-Cola será una hucha. Vamos a ir metiendo todos los días un poquito de dinero y cuando la llenemos, nos vamos a Disney. Ese es mi sueño, hija, poder llevarte allí o a cualquier otro sitio que te haga disfrutar. Sé que también fue un sueño de papá para ti, pero no pudo cumplirlo». Capté ese mensaje y todos los días iba metiendo monedas.

—Es obvio que cada vez eras más consciente, que estabas madurando. ¿Cómo la fuiste ayudando entonces?

—Mi objetivo de retirarla de trabajar estaba siempre en mi cabeza. Era algo pendiente que tenía que conseguir sí o sí. Cuando cumplí la mayoría de edad, dejé la peluquería porque no ganaba suficiente para lo que mi madre necesitaba, y me puse a trabajar en una fábrica de medicamentos de ocho a dos. Cobraba también muy poco. Estuve en ese puesto hasta que me dieron la oportunidad de ser comercial, y lo intenté, pero no duré mucho. Luego empecé a trabajar poniendo copas en una discoteca. Ahí mi madre me pidió, por favor, que no lo hiciera, que retomase mis estudios, pero me dio igual, yo quería ayudarla y con el dinero que estaba ganando en otros trabajos no llegaba. Además, tenía muy claro mi objetivo para sacarla de su esclava vida. La veía trabajar más de dieciséis horas diarias y se me partía el alma.

—¿Qué hiciste para seguir trabajando y labrarte un futuro?

—Me fui metiendo cada vez más en el mundo de la noche. Empecé poniendo copas, también era la imagen de una discoteca. Después me puse a bailar, y entre unas cosas y otras, comencé a cobrar bastante dinero. Mientras trabajaba en la noche decidí terminar mis estudios y sacarme el graduado escolar, que había dejado por ayudar en casa. Entre pase y pase me metía en el almacén de las bebidas y estudiaba. Los días de diario salía a las cuatro de la mañana, de ahí me iba a casa, cenaba lo que mi madre me había dejado y me iba a la escuela de adultos. A veces tenía que tomarme pastillas de cafeína para poder aguantar, porque mi cuerpo flojeaba. Luego llegaba el sábado y disfrutaba porque no tenía que estudiar, trabajaba bailando y después me tomaba una copa tranquilamente.

—Eras muy joven, Tamara, pero veo que te estabas convirtiendo en una persona muy responsable. Quizás con una carga que no correspondía a tu edad.

—Supongo. Recuerdo un día en el que mi madre, al salir de su trabajo en el bingo, fue a la discoteca, eran las tres de la mañana. Intentaba estudiar en la sala de las bebidas que yo misma forré con papel adhesivo para no escuchar ruido. Tenía los libros apoyados en una caja. Me levanté para abrazarla, ella me miró con cara de pena, pero sin dejar de poner esa enorme sonrisa que siempre tenía para mí. Le pedí que me esperase despierta, que quería decirle algo. Cuando llegué a casa a las cinco menos cuarto de la mañana, ahí estaba, sentada en el sofá, casi dormida. Me dijo que estaba preocupada por mi petición de esperarme despierta. Entonces le dije que cogiera lo que tenía en la mano. Era un sobre con mil euros. Se negó, y me dijo, con la voz entrecortada, que lo guardara para mí. Yo le insistí en que ese dinero era para ella, que lo utilizara, que ahora ya no estaba sola para tirar con todo, que yo estaba a su lado. Me abrazó muy fuerte mientras me decía: «Gracias, gracias».

—En esta etapa ¿os sentíais más cerca la una de la otra?

—Siempre hemos estado muy muy unidas. Pasaron los años y yo la ayudaba con algo de dinero cada vez que cobraba a primeros de mes. Unas veces me lo cogía y otras no. Un día, trabajando en la noche, me ofrecieron la posibilidad de presentarme al certamen de Miss España y vi la oportunidad de poder ganar más. Ilusa de mí, porque la realidad es bien distinta y no se gana nada. Bueno, al menos, cuando me propusieron representar a España, me llevé a mi madre a Las Vegas; con mis ahorros, eso sí.

—¿Cómo empezó a ir entonces tu vida profesional?

—Tras lo del certamen, me ofrecieron trabajar en la tele. Al principio me dio un poco de vértigo, pero no me lo pensé dos veces porque era la gran oportunidad de alcanzar ese sueño de quitar a mi madre de trabajar. Pasaron varios años en los que me fui formando profesionalmente. Llegué incluso a estudiar con Jesús Hermida, para dedicarme a la tele como mi nueva profesión. Comencé a ganar bastante dinero y por fin llegó el día en el que pude decirle a mi madre: «Mamá, ha llegado el momento, te vas del bingo, dejas de trabajar». Bajo ningún concepto quería hacerlo. Siempre me decía que nunca hay que depender de nadie y que en la vida había que trabajar siempre para tener independencia económica. Le propuse abrir una tienda de ropa y que siguiese trabajando, pero con una jornada laboral de ocho horas y no de dieciséis. Después de varias semanas y tras insistirle mucho, me hizo caso, accedió y mi sueño se cumplió: darle lo que ella merecía, tranquilidad. Siguió y sigue trabajando, quizás más que antes, pero de una manera menos estresante y, sobre todo, con tiempo para disfrutar de los suyos, entre los que me encuentro yo.

—¿Y qué sientes ahora mismo?

—Orgullo de ella, y admiración, mucha admiración.

—¿Y hacia ti no?

—No, yo he hecho lo que debía hacer, devolverle todo lo que me entregó a cambio de nada, porque nunca me pidió ni me pide nada. Se conforma con vernos felices.

—¿Tú hablas con ella de todo esto?

—Hay muchas cosas de las que no hablo.

—¿Por ejemplo?

—Cuando abusaron de mí sexualmente.

—¡Qué me dices!

—No puedo seguir, Luz, hoy quiero quedarme con esta sensación bonita de haberte hablado de todo lo que mi madre hacía por mí.

—Tranquila, seguiremos pasado mañana. Un abrazo. Lo estás haciendo muy bien. Ten confianza en ti.

—Gracias, un besito.

¡Te puedes imaginar cómo estoy, querido diario! Con una sensación agridulce. Por haber recordado a mi madre con tanto amor y admiración, pero intranquila por lo que me tocará contarle a Luz en la siguiente sesión.

Ahora voy a ver una serie con Eze y a descansar, o al menos a intentarlo.

Te escribo en dos días.

DÍA 3

EL CAJÓN DE LOS TEMAS INTOCABLES

Querido diario:

Hoy me da mucha pereza escribirte, es más, casi siento rechazo a abrirme, quizás porque me hace sufrir. Pero quiero hacerlo antes de cerrar la oficina e irme a por mis pequeños. Lo quiero.

Te confieso que esta rara sensación es porque, por un lado, no quiero escribir porque me remueve, pero por otro, necesito soltarlo todo, porque tengo claro que guardármelo dentro no me hace ningún bien.

Como el recuerdo que salió en la última sesión sin apenas darme cuenta. Sinceramente, yo pensaba que lo tenía superado, es más, creía que ni siquiera me había afectado. Ahora pienso que no es así, porque lo he pasado mal sacándolo de nuevo y he visto claramente que ha dejado huella en mí.

Ayer estuve, una vez más, bastante pensativa y muy nerviosa. Por la noche me desperté con una pesadilla que no recuerdo, pero sí sentí mucho miedo, aunque no tardé en volverme a dormir.

Después de llevar a los pequeños al colegio, me entraron ganas de desviarme del camino de siempre y en lugar de ir al gimnasio, acudir directamente a la oficina, pero me lo impuse y me obligué a hacer lo que tenía que hacer. Necesitaba sacar energía positiva y motivarme desde primera hora y eso solo me lo da el deporte.

Me puse los cascos con la música a todo volumen, elegí canciones de mi adolescencia, entrené más de lo normal y empecé a sentirme cada vez mejor conmigo misma.

Cuando terminé, me miré al espejo del vestuario y ¿sabes qué?, tenía otra cara, mi ceño ya no estaba fruncido e incluso estaba sonriendo.

Como quería mantener ese estado de ánimo y sabía que la música tenía mucho que ver, no me quité los cascos hasta que me senté en el coche. Una vez dentro no encendí la radio como otras veces. Me puse el CarPlay y mantuve esa música que me hacía sentir muy bien e incluso provocaba en mí ganas de bailar.

El viaje hasta la oficina fue maravilloso. Incluso hice planes para el finde con mis hijos y mi marido:

¡Irnos en autocaravana!

Cuando abrí la puerta de la oficina, vi a mis compañeros con cara de sueño y serios. Algo dentro de mí me decía que había que animarlos, así que, antes de ducharme y arreglarme para trabajar, les pedí que nos reuniéramos. Primero tocamos los temas pendientes sobre los que tendríamos que trabajar, y rápidamente, y con música para animar el ambiente, comencé a contarles los nuevos proyectos que tenía en mente. Sus caras también cambiaron, se reían y noté que había conseguido motivarlos. ¿Sabes lo que sentí en ese momento, querido diario?

Felicidad.

Porque los había motivado, les había hecho sentir bien y eso me daba mucha satisfacción. Antes de empezar las reuniones con los clientes, no me olvidé de toda la gente a la que amo y que también depende de un vídeo mío para sonreír. Mi familia virtual.

Me metí en el estudio y les grabé uno que me pareció muy absurdo, pero también muy divertido. Yo misma me lo pasé tan bien haciéndolo que no paré de reír.

Lo publiqué, y mientras me maquillaba después de la ducha, me puse a leer los mensajes que me mandaban. Unos mensajes que fueron la gota que colmó el vaso para mi plenitud total. Mi vídeo les había alegrado el día. Algunos de esos mensajes me hicieron hasta llorar, pero de emoción: «Tama, estoy ahora mismo enchufada a esta maldita máquina, llevaba media hora con la quimio y mi cabeza no paraba de tener pensamientos negativos. Acabo de ver el vídeo y no paro de reírme, cuando salga pienso irme a pasear, gracias Tama, gracias».

Madre mía, diario, qué felicidad tan grande escuchar a una persona en una situación tan dolorosa que mi payasada le había hecho reír. ¿Entiendes por qué me hace tanto bien preparar contenidos para mis seguidores?

¿Entiendes ahora por qué son tan importantes para mí?

Después de comer, mis compis, como de costumbre, se fueron al otro despacho. A mí me tocaba mi sesión, pero les dije que tenía una reunión. Les sigo mintiendo porque, por ahora, no quiero que sepan que estoy en terapia. Preparé mi set para estar cómoda, mi café calentito y música de piano de fondo. Y ahí estaba Luz, con su dulce voz.

—Hola, Tamara. ¿Cómo te sientes?

—Bien, superfeliz, animada. He pasado un día muy bueno, en parte porque me he obligado a automotivarme y me ha salido muy bien. Ayer pasé un día muy feo tras una noche complicada y necesitaba subir mi estado de ánimo y disfrutar, ilusionarme y conseguir lo mismo para los que me rodean, aquí y virtualmente.

—Ya te dije que es normal que después de una sesión te quedes con una sensación amarga, y más con todo lo que estamos hablando. Pero me encanta que tú sola te motives con acierto y que lo consigas, dados los buenos resultados que me estás contando. Empezamos. ¿Cómo te sientes en estos momentos?

—Bien.

—Desarrolla la palabra.

—Con ganas.

—Ok, ¿qué partes del cuerpo sientes?

—Me empieza a doler la cabeza, y no entiendo por qué si llevo toda la mañana estupendamente.

—Es normal, el día lo has pasado muy bien porque, como has dicho, te has empujado para animarte y motivarte. Has hecho cosas que te hacen sentir bien, pero esa cabecita sabe que en la última sesión dejamos un tema pendiente que hoy tenemos que tocar.

—Sí, lo sé, y no he dejado de pensar en ello. Yo creía que eso nunca me había afectado.

—Si nunca te afectó, entonces ¿por qué pasaste tan mal día ayer y tan mala noche también?

—Hombre, porque no es un tema agradable.

—Exacto, no es un tema agradable, y yo añadiría que es un asunto incluso doloroso, ¿me equivoco?

—Sí, sí te equivocas, porque a mí no me duele.

—Entonces, mucho mejor. Lo trataremos de manera rápida y sin detenernos. La última sesión hablábamos de tu mamá, de todo lo vivido con ella, tocamos cuestiones muy delicadas y otras agradables. Nos quedamos en el momento en que te pregunté si hablabas todo con ella; me dijiste que no y me pusiste un ejemplo de algo que no le habías contado: los abusos sexuales que sufriste de pequeña.

—Sí.

—¿Qué te pasa? Te mueves mucho...

—Me duele la tripa, he comido muy rápido, creo, y además, tengo calor.

—¿Pero estás bien o te encuentras mal?

—Me encuentro rara, pero bien, sigamos. Sí, ese tema jamás lo he hablado con ella.

—¿Por qué, Tamara?

—No es algo de lo que me apetezca estar hablando.

—¿Qué te produce?

—Asco.

—¿Qué más?

—Rabia, impotencia...

—¿A mí me lo contarías?

—Sí, no tengo ningún problema en hacerlo.

—Ok, cariño. Vamos a retroceder a ese momento, ¿cuántos años tenías?

—Puf, no lo recuerdo bien...

—Aproximadamente.

—No lo sé, de verdad, pero supongo que unos nueve o diez años como mucho.

—Tamara, estás rígida, intenta relajarte, ponerte cómoda, adoptar la postura que te haga sentir mejor.

—Estoy bien.

—Vale... Vayamos a ese momento. Cuéntame todo lo que recuerdes y de la manera que lo viviste.

—Mi madre siempre fue muy reacia a dejarme ir sola a los campamentos. Durante mucho tiempo yo la insistí bastante porque mis amigos del barrio iban en verano y me contaban experiencias muy chulas, me daban envidia. Eran días de estar sin padres, de dormir en tiendas de campaña, de hacer juegos muy divertidos. Me encantaba oírles y me apetecía vivir algo así. Tanto se lo pedí que un año ella accedió. Con una amiga suya, nos buscaron un campamento para su hija, que también era mi amiguita, y para mí. Encontraron uno que les daba confianza.

—¿Dónde era?

—No me acuerdo de nada, solo de momentos fugaces y de ese episodio desagradable, en concreto.

—Ok, sin problema, continúa.

—Recuerdo que mi madre y su amiga nos dejaron a mi amiguita y a mí en un recinto donde había más niños y gente adulta, supongo que sería el lugar de la quedada. Yo iba con una mochila muy grande que me até por delante de la cintura y por encima del pecho. Sentía gran emoción, me iba sola sin mi madre, iba a conocer a nuevos amigos y a dormir sola.

—¿Y?

—Perdóname, no me acuerdo de más de ese día.

—¿Como que no te acuerdas?

—Pues eso, que no recuerdo nada más, ni de la llegada ni de los juegos que supongo hicimos.

—No te agobies, cariño, es normal. La memoria, en ocasiones, borra aquello que no quiere recordar. Otras veces solo recuerda aquello que nos hizo daño. Tú cuéntame aquello que recuerdes.

—Era por la tarde y estaba en una explanada, rodeada de tiendas de campaña. Eran naranjas con el pico del final en marrón. Yo llevaba un pantalón corto negro, un chaleco negro con cordones, unas botas marrones y el pelo suelto con una cinta negra retirándolo para atrás. Había una pequeña cuesta donde mis amigos estaban lavando su ropa a mano. Bajé hasta allí, no tenía ropa que lavar, pero quería estar con ellos. Apareció un perro que todos veíamos siempre por el campamento. Era un pastor alemán marrón, muy grande. Y con él venía el que debía ser su dueño, un señor mayor que era el padre del dueño del campamento.

—¿Y ese señor siempre estuvo ahí?

—Sí, desde que llegamos siempre le vi por ahí, a veces con su mujer, que recuerdo que tenía el pelo azul.

—¿Y qué sucedió?

—Este hombre era amable, le conocíamos todos. Se acercó al lavabo en el que yo estaba apoyada y me preguntó que, como no estaba lavando ropa, si me quería ir con él a pasear al perro. Yo emocionada le dije que sí, su perro me encantaba. Comenzamos a caminar por el campo, entre muchos árboles. No recuerdo si hablamos o no, ni de qué ni de nada. Solo tengo la imagen de lo que ocurrió después.

—¿Y qué sucedió?

—El señor le tiraba un palo muy lejos al perro y luego me dejó tirárselo a mí. Yo miraba alrededor, estábamos ya muy lejos, no se veía a nadie, solo árboles y campo.

—Tranquila, Tamara, respira y continúa cuando puedas.

—Él se acercó a mí, me cogió con las manos por los dos mofletes, comenzó a presionar mi cara y luego me la acercó hacia su boca. Yo no pestañeaba, vi que sus ojos se cerraban y que su boca se abría, sentí como su lengua entraba en mi boca. Una de sus manos comenzó a bajar por mi cuerpo, pasando mi pecho y llegó hasta mis partes, y ahí apretó fuerte. Yo sentía que mi cuerpo estaba muy tenso, no podía moverme, me quedé inmóvil. Él hacía fuerza hacia mí, como con la intención de tumbarme en el suelo, yo empujaba a la contra y le golpeé con la rodilla, creo que en su tripa porque automáticamente dio un grito fuerte. Yo no le vi la cara, o no me acuerdo.

—¿Qué hiciste después?

—Rápidamente comencé a correr. Oía que me gritaba y que me llamaba: «Ven aquí». Luego escuché un silbido que me alertó, miré hacia atrás y vi al perro que corría detrás de mí. Sentía que me asfixiaba, estaba muy cansada de correr y cada vez escuchaba ladrar al perro más cerca, pero saqué fuerzas que no sabía que tenía. Continué corriendo hasta llegar a un lugar que no conocía, había tiendas de campaña, abrí una de ellas y ahí me metí con gente que no había visto nunca. Era un campamento que estaba al lado del mío. La gente me empezó a preguntar que quién era, que qué me pasaba y noté un revuelo muy grande. Yo solo me agarraba las piernas con los brazos y escondía la cabeza entre ellas. Una señora sacó a todos de la tienda de campaña y muy dulcemente me pidió que le dijera mi nombre y mi apellido: «Tamara Gorro», fue lo único que dije.

—Qué duro, Tamara, ¿qué paso después?

—Solo recuerdo al responsable de mi campamento venir por mí y llevarme con él.

—¿Pero se lo contaste?

—No lo sé, Luz. Imagino que sí, porque su mujer y él me llevaron en coche hasta el cuartel de la Guardia Civil y allí estuvimos hasta bien entrada la noche.

—¿Y después?

—Llegamos muy tarde al campamento, me dejaron en mi tienda y al poco tiempo se hizo de día. Supongo que habíamos llegado como de madrugada. Me pidieron que hiciera mi mochila y recogiera todo porque mi madre venía de camino a por mí. Llegó al poco tiempo, salí corriendo y la abracé.

—¿Qué sentiste, Tamara?, ¿cómo reaccionó tu madre?

—Mi madre me abrazaba muy fuerte y me decía: «Mi niña, aquí está mamá, ya nos vamos para casita juntas». No recuerdo nada más.

—¿Ni siquiera de hablarlo en el coche?

—Nada de nada.

—¿Y nunca más lo volviste a tratar con ella?

—No.

—¿Ni con nadie más?

—Con muy pocas personas, dos o tres como mucho. Una de ellas es mi marido.

—¿Por qué a él sí se lo contaste?

—Cuando empecé mi relación con Ezequiel solo podía tener relaciones sexuales con la luz apagada.

Para mí era imposible tenerlas ni con un poco de luz. Él, lógicamente, me preguntaba por qué.

—Pero ¿te hacía sentir cómoda?

—Muchísimo, me hacía sentir deseada, pero había algo en mí que no me dejaba relajarme, aunque yo no sabía el qué. Un día le conté este capítulo vivido de pequeña y le dije que quizás podría ser por eso, aunque yo creía que aquello no me había dejado un trauma.

—Dime una cosa, Tamara, ¿cómo te gusta el sexo?

—Hombre, muy explícita no quiero ser, pero te lo resumiría en que necesito sentirme mimada y cuidada.

—Claro.

—¿El qué?

—El dolor de ese episodio y la huella que te dejó. Hay un dolor no reconocido, básicamente porque no has hablado de ello, porque lo tienes guardado en el cajón de las cosas intocables. Pero ese episodio tuvo sus consecuencias, tú lo viviste, lo sufriste y has estado arrastrándolo como una piedra más de las que llevas cargadas en la mochila de tu espalda.

—¿Y por qué, si yo creo que no me afecta en mi día a día?

—Te afecta emocionalmente, que es mucho peor. Dime, ¿tu marido sabe cómo te sientes en realidad?

—No.

—¿Por qué?

—Luz, no me apetece seguir, tengo muchas ganas de vomitar...

—No te preocupes, es una reacción ante las emociones negativas. Hablamos el próximo día, lo estás haciendo muy bien. Un abrazo.

—Gracias, un besito.

Según he terminado, me he ido corriendo a vomitar. Mis compañeros me han preguntado, pero les he dicho que era por la comida, por algo que me sentó mal. Y me estoy dando cuenta de que aquello tuvo sus consecuencias. Yo pensaba que no, pero ahora entiendo que todo lo que Luz me ha dicho es real. Hay dolor, hay malestar, hay mucha rabia...

Ya me siento mucho mejor. He vomitado, física y emocionalmente. Todo a la taza del váter. Me voy corriendo a por mis niños y a casa a jugar.

¡Qué mierda!, con lo bien que empecé el día y lo turbio que lo voy a terminar. Pero, bueno, mañana seguro que estoy mejor.

Hasta pronto, querido diario, ¡qué bien me haces!

DÍA 4

PREFIERO SUFRIR YO ANTES QUE ÉL

¡Ay, diario mío!

¡Qué difícil es todo! Supuestamente, estoy en terapia con una psicóloga para que me ayude a solucionar lo que me sucede y a encontrarme cada día mejor, y no quiero tirar por tierra su excelente trabajo, pero... ¿sabes la sensación que tengo? Que estoy cada día peor.

Espera, quiero explicártelo bien.

Es evidente que estoy empezando a darme cuenta de muchas cosas y a tomar algunas decisiones. Noto que me encuentro mejor y eso me alegra mucho. Pero, por otra parte, siento dentro de mí como si una goma de borrar estuviera eliminando mi personalidad y me saliera otra.

¿Será que la otra persona no era yo?

Me estoy agobiando con estos pensamientos, no sé por qué los tengo. Se lo voy a preguntar esta tarde a Luz.

Ayer no conseguí levantar el ánimo, y mira que lo intenté. Entrené, me puse música en el coche… pero nada. En el trabajo era una zombi, mi cara estaba desencajada y tenía muchas ojeras. Bueno, esto sí que tiene una explicación, porque por la noche los peques me despertaron varias veces. Además, tuve una pesadilla horrible que me sacó de la cama y de nuevo tuve que darme una ducha.

Y otra vez vuelvo a sentir ese maldito nudo en la garganta que me baja hacia al pecho. Estoy irascible, todo me molesta. Con sinceridad, solo me apetece llorar. Desde que me he levantado las lágrimas no han cesado de brotar; me provocan cierta sensación de alivio y me liberan de la presión, pero no es suficiente, porque lo que más deseo es meterme en la cama y olvidarme de todo. Sin embargo, tengo programadas varias reuniones de trabajo, debo recoger a los niños del colegio, hacer la compra… Siento impotencia.

Hoy he escrito a mi familia virtual para decirle que no iba a subir ningún contenido a redes. Les he dicho una verdad a medias, que no tengo un buen día y que he dormido mal por los peques, pero no les he hablado de mi sesión con Luz. Ni en broma pienso mencionarles este tema. Es algo entre mi psicóloga y yo.

No me da vergüenza, simplemente quiero saber qué me pasa y por qué me están sucediendo cosas y estoy sintiendo todo esto. Cuando sepa lo que me ocurre y esté bien, lo compartiré con ellos.

Te dejo, querido diario, que empiezo la sesión, y aún me falta hacerme el café.

—Hola, Luz, perdona que me haya retrasado un poco, pero estaba escribiendo en mi diario y me despisté con la hora.

—¿Tu diario?

—Sí, desde que empecé contigo decidí escribir un diario para plasmar todo lo que fuera viviendo.

—¿Con qué intención, Tamara?

—Por dos razones. La primera porque quiero escribir todo lo que voy sintiendo durante la terapia, para tener una especie de desahogo tras cada sesión. Contigo saco fuera cosas y, tras las sesiones, siento que tengo que plasmar de alguna forma lo que me produce abrirme a ti cada vez. La segunda razón para escribir este diario es que, como los míos no saben, a veces creo que ni yo lo sé, por lo que estoy pasando, ni lo que estoy viviendo ahora, ni lo que estoy sintiendo al remover el pasado, pienso que algún día, si me apetece que conozcan todo esto, se lo enseñaré y si no, lo guardaré.

—Me parece una idea fascinante, de verdad, ¿hay algo que hayas escrito que quieras compartir conmigo?

—Sí, algo que precisamente acabo de escribir, algo que me da por pensar y sobre lo que tengo dudas. Por favor, no quiero que te moleste lo que voy a contarte, pero ¿por qué desde que estoy contigo haciendo terapia siento que estoy peor? Me como más la cabeza, tengo sensación de ahogo, tengo pesadillas, tiendo a ponerme de muy mal humor... Es como si mi personalidad se estuviese esfumando. Siento que no soy yo.

—Es más que normal que tengas esa sensación, principalmente porque tú no estabas bien y eso es lo que te llevó hasta mí. Has reconocido que tienes un problema, que algo en ti no va bien, y aunque no sepas el motivo y eso sea lo que te agobia, lo acabarás sabiendo, te acabarás dando cuenta de todo. No estás cambiando de personalidad, estás experimentando un cambio en general. Esta terapia es un proceso en el que tocamos todos los puntos de tu vida desde que tienes uso de razón hasta el día de hoy. Las partes agradables de tu pasado no dejan huella porque las recuerdas con alegría, por eso no te detienes a pensar en ellas, al revés, te quedas con una sensación bonita. Pero las partes desagradables o traumáticas son las que te revuelven, las que te dan que pensar. Y aquello que tú creías que no era importante, empiezas a ser consciente de que tiene más relevancia de la que tú pensabas. Y lo intentas digerir, pero lógicamente no puedes porque no sabes cómo hacerlo, porque no estás preparada aún. Por eso estás aquí, cariño. No te asustes, todo es normal y es lógico que esta sensación vaya a más, pero eso, aunque no lo creas, es bueno. Ya me lo dirás, ahora, por favor, sé consciente y ten en cuenta que todo esto lleva tiempo. ¿Cómo estuviste ayer?

—Mal, muy mal, muy nerviosa, con sensación de ahogo. Notaba hasta que me expresaba mal, como si tuviera la cabeza sobrecargada. En el trabajo me costaba concentrarme, estaba ida, distraída, y no hice ni siquiera el contenido que siempre hago para mi gente en redes.

—Eso te angustia, ¿verdad?, ¿hacer contenido para tus redes?

—Luz, yo con mi familia virtual tengo una conexión especial, nos entendemos mucho y nos ayudamos mutuamente. Sé que de mis vídeos depende la felicidad de mucha gente, no porque sea yo, sino por lo que les ofrezco. Créeme si te digo que no me angustia no hacer el contenido si no puedo un día, porque lo que hago es contarles la verdad, que no me encuentro bien, que estoy cansada y ya está. Ellos lo entienden. Somos familia, me conocen muy bien.

—Tamara, me hablas mucho de tu familia virtual. Perdona mi ignorancia, yo no estoy en ese mundo, no tengo redes sociales, ni siquiera, como te dije, tele en casa. Pero son personas a las que no conoces, entonces, me cuesta entender que a personas a las que no conoces les tengas ese gran cariño y esa dependencia de tu relación con ellas, por llamarlo de alguna forma.

—Es muy sencillo, las redes sociales para mí no son imprescindibles. Son ellas, las personas que están al otro lado, las que son imprescindibles, en las que yo encontré un refugio, a las que me debo y no quiero fallarlas. Aparte de lo que te he dicho antes, soy consciente de que el contenido que realizo las anima, o como te conté el otro día, algunas están enfermas y siento que hago más llevaderos sus días con las sonrisas que les puedo provocar. Y eso me hace muy feliz. Al día dedico dos horas aproximadamente a hablar con ellas, bien por mensajes privados, bien por mensajes públicos. No solo contesto a las cosas que me dicen, sino que sé de sus vidas, y ellas de la mía. Tenemos un vínculo. Te cuento, por ejemplo, que he perdido a dos por una enfermedad. No las conocía en persona, pero tenía relación hasta con parte de su familia, con su hermana o con su madre. Esos días fueron para mí muy dolorosos.

—¿Y cómo es, en general, esa relación?

—Me aconsejan cuando no sé cómo actuar, me ayudan cuando tengo días de bajón, porque los tengo, a la vista está. Cotilleamos juntas, me lo paso increíble con ellas, me dan mucho amor y es recíproco. A veces tengo la sensación de que incluso nos suceden las mismas cosas. Es gente normal, como me gusta a mí la gente, porque yo también me considero alguien normal.

—¿Y por qué no les dices la verdad de lo que te está sucediendo? Te entenderían perfectamente.

—Claro que lo harían, y serían los primeros en ayudarme, pero ¿qué les cuento, si ni siquiera yo lo sé? Tampoco les estoy mintiendo. Si no quiero publicar, no lo hago; si no estoy bien, lo digo. Sigo estando ahí y les transmito lo que siento en cada momento. Dentro de la angustia que estoy viviendo, y que va a más como tú bien sabes, cada día intento sacar la parte positiva, motivarme y tirar hacia delante. No me queda otra. O eso o me meto en la cama. Algo que bajo ningún concepto voy a permitir.

—Parece que es una relación enriquecedora. ¿Sabes qué te pasa? ¿Quieres saber el porqué de esa unión con tu familia virtual?

—Sí.

—Cuando uno carece o ha carecido de algo a lo largo de su vida, aunque no lo creas, va en busca de ello. Al igual que uno entrega lo que quizás no tuvo. Ahora esto te dejará pensativa, pero tú solita sacarás tu propia conclusión. Es más, me atrevo a decirte que ellos son parte de tu terapia porque, como bien dices, te ayudan a motivarte y eso es buenísimo para ti. Aunque debemos tener cuidado y que no sustituyan la seguridad y el afecto hacia ti misma que solo tú puedes darte. Ahora, Tamara, retomemos el tema en el que nos habíamos quedado: tu marido. ¿Sabe él cómo te sientes realmente?

—No.

—¿Por qué?

—Porque no lo sabe ni él ni nadie.

—¿Habláis a menudo de vuestras cosas?

—Sí, claro.

—Sin embargo, me dices que no sabe cómo te sientes en realidad, por tanto, habláis, pero de manera poco profunda.

—Hablamos de las cosas que nos suceden, de nuestros problemas diarios, nos ayudamos el uno al otro.

—Pero sin profundizar.

—Bueno, si hay algo que nos preocupa, claro que profundizamos, pero yo, por ejemplo, si siento algo que me hace estar mal, se lo cuento por encima, no ahondo mucho. Pero porque sé que le puedo hacer daño, sé que se puede preocupar mucho por mí y no quiero que esto suceda. Pero, vamos, que igual que hago eso con mi marido, lo hago con todo mi entorno. Mis cosas me las como yo, no las exteriorizo, solo lo justo y necesario.

—¿Qué es lo necesario?

—Pues eso, aquellas cosas por las que no se van a preocupar por mí.

—¿Te das cuenta de que evitas su sufrimiento y a la vez se potencia el tuyo? Porque lo escondes y no lo exteriorizas, y eso es un arma de doble filo. Cuando tú no cuentas lo que sientes y te guardas emociones para no hacer sentir mal al que tienes al lado, tu estrés puede explotar. Y quizás eso lo acabes pagando con esa persona, y que el enfrentamiento termine en discusión.

—Ahora que lo dices sí que suele suceder eso, pero aun así prefiero discutir un día antes que preocupar a mi marido treinta.

—Tamara, ¿cómo definirías tu matrimonio?

—No sé, como todos los matrimonios. Normal, con sus más y sus menos, pero, en general, creo que somos una buena pareja.

—¿Y cómo son todos esos matrimonios con los que pareces compararte?

—Pues creo que en cuestión de pareja siempre hay un antes y un después de tener hijos.

—Vale, entonces, vayamos al principio. Antes de tener hijos, ¿cómo erais?

—Eze y yo hemos tenido gran complicidad desde el principio de nuestra relación, disfrutábamos mucho juntos de todo, no necesitábamos a nadie para divertirnos, ni siquiera un sábado por la noche. Éramos capaces de irnos juntos a cenar y a una discoteca los dos solos y disfrutar muchísimo. Viajábamos siempre que nuestros trabajos nos lo permitían, viajes tipo un fin de semana a una casa rural, a comer, a beber, a reír, a bailar, a tener sexo. Comenzamos a construir con ilusión nuestra nueva vida, y cambiamos de país por su trabajo.

—¿A ti eso te afectó?

—A la larga sí.

—¿Por qué?

—Por muchas razones. Aún recuerdo ese día, mientras nos dábamos una ducha en mi recién estrenada casa de Móstoles, cuando le dije, mirándole a los ojos y muy convencida, que nunca le dejaría solo, que seguiría sus pasos allí donde fuera. Que me las apañaría para seguir manteniendo mi trabajo y no perderlo, entonces la tele. Y así fue. Primero nos fuimos a Portugal, ahí lo tenía bastante fácil para ir y venir porque los vuelos a España eran cortos. Venía tres días en semana a trabajar, ida y vuelta. Algunos de ellos, cuando me costaba mucho el billete, los hacía en coche con mi perro, seis horas de ida y seis de vuelta. Llegaba destrozada. Así estuve un tiempo, manteniendo mi trabajo y estando junto a él, que era lo que más deseaba.

—¿Nunca te planteaste dejar tu trabajo?

—¡Jamás!, ¿cómo iba hacerlo? Tenía que seguir trabajando, igual que lo había hecho durante toda mi vida desde los catorce o quince años. Tomé la decisión de irme con él, y sabía que eso tendría consecuencias, una de ellas acabar agotada, porque mi trabajo estaba lejos de donde vivía, pero estaba decidida y lo asumía. Aparte de esos detalles, nuestra relación se fortaleció en esa etapa, dura pero potente, y empezamos la búsqueda de mi hija Shaila, primero de manera natural y luego, como no podía ser, me derivaron a reproducción asistida. Estuve muchos años intentándolo y entre ellos coincidió que él fichó por el Zenit, un equipo en Rusia.

—¡Rusia! Pero, Tamara, irte tan lejos complicaría más tu tema de trabajo y también el proceso de búsqueda de tu hija. ¿Qué supuso esa etapa para vosotros?

—Unión. Nos unió, Luz. Bueno, espera. Nos unió en lo referente a la búsqueda de Shaila, pero para otros temas, estar en Rusia me afectó bastante. El primer año lo llevé bien porque fue de adaptación. Por entonces decidí dejar uno de los programas de tele, lo hice por mi salud, estaba excesivamente hormonada y no me sentaba muy bien. Pero, claro, a la hora de cumplir con otros trabajos que implicaban viajar, me di cuenta de que todo era una locura. Nueve horas de avión con las escalas, y encima, lo que cobraba por el trabajo casi me lo gastaba en pagar el billete. Pero tenía muy claro que era necesario hacerlo, así que todos estos problemas me daban igual. No quería perder mi trabajo. ¡Sería una locura después de tantos años formándome! Me quedé solo con las galas que presentaba en Nochebuena y Nochevieja. Sin embargo, para mí, tener solo esos trabajos no era suficiente. Verme en casa todo el día, con el pijama y sin hacer nada, me superaba, no podía con esa situación.

—¿Qué hiciste para salir de ella?

—Un día le pedí a la traductora que el club nos ofrecía que me ayudase a encontrar trabajo. Después de movernos sin parar, conseguí desfilar para una gran diseñadora, posé para revistas de moda e, incluso, trabajé en un programa de televisión, pero sin cobrar. Al poco tiempo recordé que en la vida se trabaja por dinero, no por postureo. Así que lo mandé todo al carajo.

—¿Y cómo iba la búsqueda de Shaila?

—En esa etapa ya estábamos en el proceso de la gestación subrogada. En algún momento me dio un bajón tremendo, no salía de la habitación, no paraba de llorar, necesitaba vida, necesitaba trabajar. Yo era feliz porque mi marido triunfaba en su profesión, jamás le dejaría solo, tal y como le había prometido, pero nunca había estado desocupada y me sentía como un mueble. También me sentía fatal por Eze, porque él se preocupaba por mí, y eso es lo que yo no quería. No podía más. Hasta que la suerte llego a nuestras vidas: nuestra hija Shaila. Primero eso, y seguidamente, Eze tuvo la oportunidad de fichar por un equipo español. Él también me reconoció que ya con la niña debíamos de hacer vida en España. Por el bien de ella. Así que nos vinimos y comenzamos una nueva vida.

—Y en ese momento en que sois padres, ¿cómo empieza a ser vuestra relación? ¿Diferente?

—No, al principio no. Vivimos con mucha ilusión la llegada de nuestra hija, todo era nuevo y lo deseábamos con todas las fuerzas. Luego decidí ir a por mi pequeño Antonio, buscarlo de nuevo yo, intentar quedarme embarazada. Pero Eze no me apoyaba, y no quería por dos motivos: ni quería más hijos ni mucho menos que yo pasase de nuevo por todo lo que pasé con mi niña. Le pedí, por favor, que me apoyase, que era mi deseo, y accedió. Viajé a Estados Unidos para hacerme el tratamiento y de forma milagrosa me quedé embarazada.

—¿Y qué tal?

—Al principio fue todo un poco más difícil. Tener dos niños con tan poca edad lo hace todo más complicado, pero mi madre nos ayudó y nos ayuda en cualquier momento, no se separa de nuestro lado y con ella las cosas son más fáciles. Pero, claro, los niños van cumpliendo años y hay más responsabilidades.

—¿En qué sentido?

—Pues lo de cualquier pareja con hijos: llevarles a la escuela infantil, el trabajo, la compra, los baños, las comidas, las cenas, dormir poco, salir menos...

—¿Empeoró vuestra relación?

—No, para nada, pero chocas más, aunque yo creo que eso es lo normal.

—Y hoy, ¿cómo es vuestra relación?

—El cuento ha cambiado mucho, ja, ja, ja.

—¿En qué sentido?

—En todos. Vamos a ver, mis hijos ahora tienen cuatro y seis años, van al colegio, tengo que llevarles, traerles, ocuparme de ellos, jugar, leerles... Por la noche no duermes como quisieras, me despiertan muchas veces y luego me cuesta volverme a dormir. Y al día siguiente estoy agotada, pero tengo que trabajar, no te puedes quedar en la cama a recuperarte porque también hay que hacer la compra, hay que organizar siempre muchas cosas, hacer planes para los fines de semana. Los planes de pareja se acaban y eso afecta a la relación. Y yo tengo suerte porque mi madre se queda con los niños si lo necesitamos. Pero yo soy una madre muy intensa.

—¿Qué es para ti ser intensa?

—Pues...

—Espera, que quiero hablar detenidamente de eso más adelante, en tu relación con tus hijos. Cerremos este tema primero. Entonces, ¿se podría decir que hoy por hoy la relación está más tocada?

—Mira, Luz, no te voy a engañar. Mi Eze y yo hemos superado muchos obstáculos.

—¿Cuáles?

—No te los quiero contar porque forman parte de su intimidad.

—Ok, tranquila, sigue.

—Hemos superado esos obstáculos, hemos tenido crisis, hemos tenido momentos en los que incluso hemos pensado en separarnos, pero siempre hemos tenido la capacidad de analizar las situaciones y de tirar hacia delante.

—¿Sí?, ¿cómo?

—Nos sentamos y hablamos de lo que no nos gusta al uno del otro y valoramos si es algo importante y si se puede solucionar. Vamos a ver, te repito, quizás seamos raros, pero nosotros hemos llegado al punto de no tener tanto sexo como teníamos antes. Yo estoy agotada de todo y lo que menos me apetece es tener relaciones, prefiero tumbarme en el sofá, descansar y ver una serie en Netflix.

—¿Tenéis una buena vida sexual?

—¡Claro que sí! Y es buenísima, pero no como antes. Al igual que hay veces que le mandaría una semana fuera, ja, ja, ja, y él a mí también, ja, ja, ja, y no por eso no nos amamos, simplemente creemos que es lo normal, que la vida nos cambió, crecimos juntos y vamos aprendiendo juntos. Nada más.

—¿Le amas?

—Por supuesto, le adoro con sus fallos y virtudes, es un hombre extraordinario, con un corazón enorme, y que solo se merece cosas bonitas.

—Me da la sensación de que le tienes muy protegido.

—Eso nos dice nuestra gente, que le tengo en una cajita de cristal. Y sí, quizás sea así, pero es que sinceramente prefiero que todo me pase a mí antes que a él.

—¿En qué sentido?

—En todos. Muchas cosas, como te he dicho, no puedo ni contártelas porque son suyas personales, pero, por ejemplo, recuerdo una situación que sucedió no hace mucho que sí te la puedo contar. Él tuvo un problema con su último club, bueno, él y media plantilla. Pero Eze fue quien tiró hacia delante y fueron a cuchillo a por él. Yo sabía por compañeros míos de profesión que había un complot en contra de Ezequiel, le vi sufrir mucho, dejó de comer, lloraba. Yo ahí sentí tanto dolor, no te lo puedes imaginar.

—Según como hablas, sí que me lo imagino.

—¡Pues mira lo que hice para desviar la atención de Ezequiel y que se le dejara de atacar! Publiqué un mensaje muy polémico en redes sociales.

—¿Y qué conseguías con eso?

—Que por culpa de mi mensaje todo el mundo hablara y me criticaran por meterme donde no me llamaban. Recibí insultos más que nunca, mensajes diciendo que yo me había cargado la carrera de mi marido, que quién era yo para decir nada. El objetivo lo había cumplido, ya no se le atacaba a él, se me atacaba a mí.

—Pero, Tamara, tú estabas añadiendo dolor a tu persona. Te desproteges tú para proteger a Ezequiel.

—No. Yo sentía tranquilidad y bienestar al ver que a él lo dejaban tranquilo.

—Y Ezequiel ¿cómo reaccionó?

—Nunca le dije por qué lo había hecho, solo le comenté que escribí ese mensaje por impulso. Evidentemente él leía todas las barbaridades que me decían y se sentía mal, pero yo le calmaba. Luego comencé a llamar a los altos cargos del club y les dije que sabía absolutamente todo lo que se estaba cociendo en contra de mi marido y que no lo iba a permitir. Que él estaba destrozado. Por encima de mi cadáver tenían que pasar para seguir dañándole. Ezequiel siempre fue un deportista ejemplar, y estaba pagando los platos rotos de la mala gestión que tenían.

—¿Hasta ese punto llegaste, Tamara?

—Sí, me daba igual todo, no podía ver a Ezequiel así, no se lo merecía.

—Pero todos los focos estaban dirigidos hacia ti. ¿Te lo merecías tú?

—Ya te digo que me daba igual. Llamé a sus abogados y les di toda la información que tenía, Ezequiel también habló con ellos. Compañeros suyos y gran parte del club, por no decir todo, también se pusieron en contacto con él y le transmitieron su apoyo. Una noche, sentados en el sofá, le dije: «Cariño, el tiempo pone a cada uno en su sitio, confiemos en él, ahora mismo la afición evidentemente cree aquella versión que han escuchado, pero cuando tú des la tuya y la demuestres, todo cambiará». Y así sucedió. Cuando mi marido dio el comunicado, fue de los peores días para él, tardó tres horas en hacerlo, lloraba desconsoladamente, pero demostró su verdad, y no solo la suya, porque a los pocos días toda la mierda que se cocía ahí fue saliendo. El tiempo le dio la razón. A él le aman en esa ciudad, Valencia.

—Y tú, ¿en qué lugar quedaste con toda esa situación?

—Yo me doy igual, aunque, ojo, siempre me sentí querida, mucho, además.

—Me refiero a que sufriste mucho.

—Me daba lo mismo, el salto fue victorioso, y pude colaborar a que mi marido sufriera un poco menos.

—Pusiste tus emociones en segundo lugar.

—Tal vez no me creas, pero, como te llevo diciendo desde el principio, me hace bien hacer felices a los demás, es mi mayor satisfacción.

—Y aparte de eso, ¿qué te hace feliz, Tamara?

—Me conformo con poco, Luz, mi prioridad sin duda son mis hijos.

—Cierto, antes me has dicho que eras una madre intensa, ¿cómo te consideras como madre?, ¿a qué te refieres con intensa?, ¿que provocan tus hijos en ti, Tamara? Mira, como nos hemos pasado de la hora y yo no tengo problema, pero tú tienes que ir a por los pequeños al cole, si te parece lo dejamos para el próximo día, ¿ok?

—Ok.

—Pero respóndeme a esta pregunta solo: ¿te gustaría que tus hijos vivieran la vida que tú tuviste de pequeña?

—Rotundamente, no.

—Vaya... Bueno, hablamos pronto. Y recuerda: ten confianza en ti.

—Gracias, guapa. Un besito.

DÍA 5

EL DOLOR DEL PASADO

Querido diario:

Aquí estoy de nuevo. Esta vez he tardado más en escribirte porque me he encontrado mejor y he aprovechado para hacer mil cosas. Ayer incluso tuve un día muy bueno.

En realidad, no tan bueno. No quiero mentirte. Me ocurrió un episodio extraño. Estaba en la oficina y, sin motivo alguno, me entraron unas ganas inmensas de llorar; me metí en el baño para que mis compañeros no me vieran, y allí lloré y lloré. Y al descargar toda la angustia que llevaba dentro, me sentí como nueva.

Creo que este episodio tiene mucho que ver con la última sesión que tuve con Luz. Nos centramos en Ezequiel y, aunque el tema parezca delicado, lo cierto es que lo viví con sensaciones muy bonitas; de hecho, hablar de ello no me dejó tan tocada.

Mi psicóloga me ha dicho que no me preocupe por tener días raros, porque estamos profundizando en asuntos muy dolorosos y lo normal es que me dejen así. La verdad es que, si te soy sincera, esa sensación de abatimiento me lleva acompañando toda mi vida, lo que ocurre es que ahora sé por qué estoy mal. Durante todos estos años no tenía ni idea. Y aunque aún sigo sin entender muchas cosas, supongo que el tiempo me irá dando respuestas.

Lo que sí quiero confesarte es que el principal miedo al empezar la terapia se ha ido, esa desconfianza en la terapeuta se ha evaporado. Ahora me siento muy cómoda con ella, le cuento todo sin tapujos. Luz es encantadora y tiene un tacto tremendo. Lo mejor es que, aunque yo tenga la sensación de que no progreso, incluso de que voy a peor, en mi cabeza se están aclarando muchas cosas.

Soy consciente de que me queda un largo camino por recorrer.

Hoy, por ejemplo, al terminar la sesión, he llorado sin parar. Me sentía muy nerviosa y con mucho hormigueo en las manos; me faltaba el aire. Me he quedado tocada. Esa sensación me ha acompañado todo el día. Fui a buscar a los peques al cole, ansiaba el momento de verles y de abrazarles, porque uno de los asuntos que hemos tratado han sido ellos. Esperándolos en el coche tuve la clara sensación de que este tema me provocaba mucho dolor.

Pero no quiero adelantarme. Te cuento cómo he llegado hasta aquí. Cada vez que conecto Skype y comienza nuestra charla, Luz me hace la misma pregunta.

—Hola, Tamara. ¿Cómo te encuentras?

—Bien, ayer pasé un día muy bueno.

—Claro, te lo dije, no todos iban a ser malos. ¿Qué partes del cuerpo sientes?

—La cabeza, siento presión y me duele el estómago también.

—Normal... Fíjate si el cuerpo es inteligente que ya sabe lo que puede provocar en ti el tema que vamos a tratar y lo empieza a manifestar.

—Hablar de mis hijos no es malo, todo lo contrario.

—No es hablar de tus hijos, es saber por qué no quieres que tus hijos vivan tu vida. Y ahí entramos otra vez en ti. Imaginar que ellos puedan vivir tan solo una mínima parte de lo que has vivido y sufrido tú te provoca dolor, y ese dolor se tiene que manifestar por algún lado.

—Ya, entiendo... ufff.

—Te da pereza, ¿verdad?

—Bueno, me da pereza tener que pasar por este malestar, porque bastante tengo con cómo me siento a diario.

—Ya, cariño, la pereza en terapia es miedo y viene provocado por algo, y es lo que vamos a sacar de todas nuestras conversaciones. Te puedo asegurar que llegará un punto en el que estarás mejor y volverás a ser tú, bueno, quizás no volverás a ser la de antes, sino que saldrá la verdadera TÚ.

—¿Quieres decir que he vivido sin ser yo? Yo siempre he hecho lo que he querido, no me he obligado a nada ni me he construido un personaje a lo largo de mi vida ni de cara a mi gente.

—No digo eso, simplemente digo que has podido actuar de cierta manera por evitar el daño que el pasado te había hecho. Te pongo un ejemplo: imagina que un niño de pequeño se cayó a la piscina sin manguitos y eso le provocó que sufriera un gran susto, porque estuvo tragando mucha agua. Lo más normal es que cuando sea mayor, sin él saberlo, le tenga mucho respeto al agua y odie que le empujen. Todo eso está provocado por el pasado sin ser consciente de ello en el presente. Si lo trabaja, conseguirá entenderlo y se ayudará a sí mismo.

—Te entiendo. Pero por esa regla de tres, ¿mi forma de ser es por culpa del pasado?

—No del todo. Las personas tenemos una manera de ser que hemos ido moldeando a medida que hemos crecido, pero, evidentemente, ese carácter está marcado por el pasado. Y en tu caso, más aún, por las situaciones tan traumáticas y desagradables que has vivido. Esos recuerdos y ese daño te acompañarán a lo largo de tu vida, y eso hará que vayas poniendo muros para que nadie acceda a ese dolor que está ahí latente. No te preocupes porque iremos viéndolas TODAS y sacaremos ese dolor, manejándolo y colocándolo en el presente, que es cuando te afecta.

—No, todas no. Porque no quiero hablar de todo lo que he vivido. Quiero contarte lo que creo que estoy preparada para contar.

—Por supuesto, aquí el camino lo eliges tú, yo te acompaño, pero nunca te voy a obligar a narrarme algo que no quieras o que te haga sentir incómoda, ¿ok?

—Ok, muchas gracias.

—Venga, pues vamos con el tema que dejamos pendiente, cuando te pregunté si te gustaría que tus hijos viviesen la misma vida que tú has vivido. Y me respondiste con un rotundo no.

—Exacto.

—Aparentemente resulta extraño, porque en la primera sesión que tuvimos me pintabas una infancia bonita, lo tengo aquí apuntado. Decías que eras dulce, cariñosa, risueña, con carácter, muy atenta, observadora. Recuerdas momentos muy bonitos en casa de tus yayos, jugando, con tu mami viendo películas, divirtiéndote en la calle con tus amigos.

—Sí, la verdad es que esa parte que viví yo, y que la viví y así lo siento, es la que me encantaría que vivieran ellos, y, de hecho, lo hacen. Pero ahora, desde que estoy contigo y hablamos y revivimos recuerdos, me he dado cuenta de cómo se sentía en otros momentos esa pequeña Tamarita, y de que por desgracia he ido arrastrando esos sentimientos y sensaciones.

—¿El qué? Defínemelo en dos palabras.

—Soledad y rabia.

—Hazme un resumen de por qué esa niña pequeña hasta la adolescencia sintió rabia y soledad y cómo actuaba ante eso. De esa manera podremos entender a la perfección por qué no quieres esa vida para tus hijos.

—Más que esa vida, como te decía, lo que no quiero es que vivan esas sensaciones emocionales negativas que yo sentía. Esa niña sentía soledad porque, aunque sus yayos la cuidaban y amaban con locura, echaba mucho de menos a su mamá. Los días que estaba con su madre en casa viendo una película, esa niña era la más feliz del mundo. Pero eso se acababa pronto, duraba un día y medio, porque mi madre volvía a trabajar y tan solo la veía cuando me llevaba al colegio. Esa niña se sentía triste porque sus amigas estaban con sus dos papás y ella había perdido a uno de ellos, a su padre, al que adoraba y de quien no pudo despedirse. Y su mamá no estaba porque trabajaba. Esa niña sufrió mucho con la separación de sus padres y no por ellos, sino por ciertas personas que lo complicaron todo. Esa niña llegó a estar en manos de los Servicios Sociales.

—¿Servicios Sociales? ¿Y eso, Tamara?, ¿por qué? Para que intervinieran los Servicios Sociales algo gordo debió pasar.

—No quiero recordarlo, no me apetece, no me hace bien, me duele...

—Tranquila, sigue.

—Cada vez que esa niña iba a ver a esa mujer, creo que era una psicóloga, sentía la necesidad de convencerla para que sus papás estuvieran juntos. No entendía nada, no comprendía por qué no podían estarlo si su mamá jamás le habló mal de su papá y hacía todo lo posible porque ella lo quisiera. Y mi papá amaba a mi mamá, pero no los tenía juntos. Y, además, esa niña tuvo que vivir capítulos muy desagradables, como los que te conté al principio de nuestras sesiones. Esa niña se iba a la calle en busca de amigas, deseando distracción, protección. Cuando pasaron los años y esa niña se fue haciendo mayor y se fue a vivir con su madre, comenzó a sentir rabia porque estaba muy sola.

Su madre trabajaba y de ella dependía todo. Sentía mucha impotencia por ver a su mamá trabajando de sol a sol, por no verla disfrutar, por verla sin tener vida. Esa niña sentía envidia porque sus amigas iban al circo o al cine en familia, tenían hermanos, y ella no. Solo podía tener algo de aquellas vidas ajenas cuando su mamá libraba, ahí su mundo se volvía de color de rosa. Comenzó la adolescencia y se juntó con unas amistades poco recomendables, de esas que faltan a clase, de las que se meten en jaleos. Ella no quería, pero en ese grupo se sentía protegida, atendida, protagonista. Empezó a dejar de hacer planes con su madre, su vida comenzó a ser la calle, aun cuando esa gente nada bueno la aportaba. Era consciente de que su madre sufría por verla siempre fuera y en malas compañías, pero entonces todo le daba igual, aprendió a vivir sola.

—Debiste sufrir mucho. ¿Sentías no tener a nadie?

—No exactamente. Mi mundo eran mis yayos y mi madre, que siempre estaba ahí y vivía solo para mí; trabajaba para dármelo todo. Pero yo la sentía lejos, sentía esa soledad, era solo una sensación. No veía lo que mi madre hacía por mí, era muy pequeña y tenía dos grandes carencias: el cariño y la protección.

—¿Y cuándo termina esa etapa, Tamara?

—Cuando en el instituto aparece un chico que me encanta y comenzamos a salir. Era un niño realmente especial, muy buena persona, él y toda su familia. Estar a su lado y desvincularme de lo demás fue mi suerte. No sé qué habría sido de mí si no hubiese aparecido en mi vida.

—Y tu madre ¿qué hacía, Tamara?, ¿era consciente?

—Totalmente, la pobre no sabía qué hacer conmigo e incluso me llegó a decir que me iba a meter en un internado, porque no podía permitir que su hija, esa niña buena, tierna y familiar, tirase su vida por la borda.

—¿Y tú esto lo has hablado con ella?

—No, de mis sentimientos no, porque no me he dado cuenta hasta ahora. Como te vengo diciendo, siempre he pensado que había tenido una infancia preciosa. Ahora veo que no es así, y que no es culpa de mi madre que, y nunca me cansaré de repetirlo, trabajaba día y noche por darme todo; tampoco de mis yayos, que me cuidaron como a una hija. La culpa fue de las circunstancias que me tocó vivir, que me hicieron ser de una manera y sentir de otra.

—Es la primera vez que lloras tanto en una sesión, Tamara, ¿qué sientes?

—Dolor, mucho dolor, y miedo, y pánico a que mis hijos sufran siquiera una décima parte lo que yo he sufrido. No puedo permitirlo.

—Exacto, como ves, tú sola te estás dando las respuestas a todo, es decir, no quieres que tus niños pasen por lo que tú has pasado y lo evitas a toda costa, pero mi pregunta es: ¿cómo lo evitas?

—Te prometo que ahora me doy cuenta de por qué soy como soy a la hora de ejercer de madre. Y por qué les educo a mi manera.

—¿Y cómo es tu manera?

—Ay, no sé, siempre digo que les educo como a mí me educaron, con respeto, cariño, no creyéndome más que nadie...

—Esa es una forma de educar con valores. Me refiero a esa intensidad que dijiste que tenías. ¿Por qué crees que eres así como madre?

—Porque soy muy pesada y protectora. No sé, eso me dicen, que estoy muy pendiente y siempre quiero hacer todo con ellos.

—¿Y es así?

—He tenido a mis hijos para criarlos yo, Luz. Para pasar las malas noches con ellos, no dormir si hace falta, llevarlos al colegio, bañarlos, darles de cenar, leerles, bailar o cantar juntos, enseñarles... Pero es cierto que hay mucha gente que me dice que hay cosas en mí que no son normales, aunque yo no lo veo así.

—¿Cómo qué?

—Por ejemplo, aunque yo tenga a mi madre, que me puede ayudar y quedarse con ellos, soy incapaz de irme todos los viernes de cena con mi marido. Lo hago, claro que sí, pero una vez al mes o cada dos meses. Los fines de semana me apasiona estar con ellos y hacer planes. Muchas veces me dicen, y es verdad, que debo estar agotada y que tengo que descansar, pero a mí me da igual, yo lo que quiero es pasar tiempo con mis hijos. En verano, mi marido y yo nos vamos solos de vacaciones porque creo que es bueno para la pareja y es importante hacerlo, aunque a veces no haya muchas ganas o existan otras obligaciones. Te confieso que me iría solo cuatro días. ¡Ah! Y estando de vacaciones les llamo a diario cinco veces.

—Ahora voy entendiendo por qué te llamas a ti misma «madre intensa».

—Te lo dije. Soy una madre muy de estar al cien por cien, mejor dicho, al doscientos por ciento. Algo que también tiene su lado negativo. Por ejemplo, siempre le digo a mi marido que delante de los niños jamás podemos discutir, que ellos nunca deben ver esa escena y que si hay algo de lo que hablar, se trata después. Si quedo con amigos, el noventa y nueve por ciento de las veces organizo la reunión en mi casa para que mis niños duerman ahí y me despierten por la mañana.

—¿Y si sales fuera de casa?

—Si salgo fuera de casa les llamo después de cenar para saber qué han cenado y antes de dormir para desearles buenas noches. También me gusta dormirles, eso no me permito perdérmelo ni un día, a no ser que sea por alguna obligación o por un tema de trabajo. Me gusta contarles cuentos, cantarles canciones, acariciarlos. Lloro cada vez que se duermen. También me gusta organizar planes familiares, quiero que estén rodeados de su familia, abuelos, bisabuelos, primos, tíos, papás; quiero que crezcan sabiendo lo importante que es la familia, que valoren el concepto de familia. Y, sobre todo, lo que más me gusta es hablarles mucho, y que ellos me expresen cada día qué sienten. A diario les pregunto si son felices, y si me dicen que están tristes, les pido que hablemos y consigo que, antes o después, me cuenten el motivo de su tristeza.

—Tamara, no hace falta que te lo diga yo porque tú misma me lo has dicho, porque tú misma te has dado cuenta. Creo que te comportas con tus hijos de tal manera que no sientan nada de lo que tú sentiste de pequeña. Te aterroriza pensar que no vivan en una familia unida, y no quieres que vivan peleas, discusiones, que se sientan solos, que sientan que les falta su mamá...

—Sí, así es.

—Tranquilízate, coge aire, ¿sabes una cosa? No tengas la sensación de que lo estás haciendo mal, porque no es así, aunque tenemos que revisar este aspecto. Los niños tienen que poder ver todo un espectro de emociones con naturalidad: alegría, pena, discusiones...

—Es que me cansa escuchar una y otra vez que tengo que delegar, y más cuando dispongo de gente que me los puede cuidar. Ya lo sé. Gracias a Dios tengo la posibilidad de contar con unas maravillosas mujeres que trabajan en casa. Yo no tengo tiempo para nada, trabajo, hijos, casa... Ellas me ayudan a tenerlo todo perfecto. Somos un equipo, pero eso no quita que yo deje de hacer lo que deseo, que es criar y cuidar a mis hijos, o ir a hacer la compra, o colocar los armarios...

—Me da la sensación de que te sientes juzgada.

—Yo diría que vigilada.

—¿Por quién, Tamara?

—En general...

—¿Y qué te supone a ti esa vigilancia?

—Agobio, presión y que tengo que hacer lo que los demás quieren para ser «buena».

—¿Te hacen sentir mala?

—Para nada.

—¿Y querida? Desahógate. Tamara, ¿sientes que hay mucha carga sobre tus espaldas?

—Mucha... demasiada.

—Dime si me equivoco, pero tengo la percepción de que aparte de sentirte vigilada y agobiada, te sientes poco protegida.

—No puedo hablar, me estalla la cabeza.

—Tranquila, hablamos de ello mañana, cariño. Pero antes, escúchame atentamente. Llevas sintiendo culpabilidad toda tu vida, sufriendo, llorando en silencio para que nadie sepa nada. Ahora estoy yo, a tu lado, contigo, y vamos a sacar todas esas piedras de la mochila, ¿ok? Dime solo algo más, ¿qué vas a hacer ahora?

—Ir a por mis hijos, y me los voy a llevar a comprar unos leotardos para el cole, después voy a grabar un vídeo para mi familia virtual. Menos mal que estas sesiones las hago después de trabajar porque si no, madre mía...

—Me encanta.

—¿El qué?

—Que no pierdes tu positividad, tus ganas de hacer cosas para cambiar el estado de ánimo. Créeme, te estás ayudando mucho, no me extraña nada que ayudes a los demás. ¿Más tranquila?

—Bueno... sí...

—Disfruta de la tarde, cariño. Así me gusta, que ahora hayas cambiado la música a una canción alegre.

—¡Claro! Así empiezo a motivarme.

—Un beso, guapa.

—Otro para ti.

¿Entiendes ahora ese hormigueo del que te hablaba, querido diario? Aparte de tocar el tema de los niños, el que nos ha quedado pendiente me produce inestabilidad, porque me da la sensación de que voy a fallarles a los míos... ¡Qué agobio!

Te dejo, que quedan cinco minutos para que mis niños salgan del cole y quiero estar la primera para que me vean y no se angustien pensando que no he llegado. Además, les llevo su merienda favorita.

DÍA 6

SOLEDAD

Querido diario:

Madre mía, ¡qué día tuve ayer! Te cuento... Recogí a los niños del colegio, fuimos a hacer unas compras y al llegar a casa estuve superbién, contenta y muy motivada. Hice todo lo posible por quitarme de encima esa sensación agridulce que me había quedado tras la terapia. Incluso hemos grabado los cuatro un baile delante del espejo del baño.

Cuando los peques se durmieron, bajé con Eze a preparar la cena. En la cocina empecé a sentirme muy nerviosa, demasiado inquieta, acelerada, tanto que un plato se me cayó al meterlo en el microondas. Mi marido me preguntó si estaba bien, pero le mentí y le dije que sí, que solo estaba pensando en un asunto de trabajo que tenía pendiente para el día siguiente.

Así evitaba preocuparlo.

Al sentarnos a la mesa noté que el estómago se me había cerrado, no quise comer nada. Eze se puso serio y me volvió a preguntar si me sucedía algo con él, ya que apenas le hablaba y, además, estaba muy callada y seria. Le insistí en que estaba dándole vueltas a algunos temas, pero que no era nada que tuviera que ver con él. Mantuve que todo tenía que ver con temas laborales.

La situación se puso cada vez más tensa porque comencé a ponerme más y más nerviosa, tenía muchas ganas de llorar, no sabía qué me pasaba. Hace unas horas estaba bien y ahora, de repente, todo lo contrario.

Me fui al baño y comencé a llorar mucho, tenía de nuevo ese nudo en la garganta que me bajaba hacia el pecho y que desaparecía según lloraba. Una especie de nerviosismo incontrolable seguía ahí y también mucho hormigueo en las manos.

Nunca lo había hecho antes, pero fui al armario de las medicinas y decidí tomarme una pastilla que me relajara.

Y eso fue lo que pasó, poco a poco me fui calmando, me entró sueño, me metí en la cama y, sin darme apenas cuenta, me quedé dormida. Pero el descanso duró poco tiempo, porque a las pocas horas me desperté sobresaltada, con temblores. Y de nuevo me vi en la ducha llorando, con el agua cayendo sobre mi cabeza y con la angustia por no saber el motivo ni por qué me sucedía esto.

¿Qué me ocurría si tenía todo para ser feliz? ¿Por qué aparecían estos episodios incontrolables por la noche y, sin embargo, durante el día sí conseguía superarlos, e incluso, animarme y alegrarme? La desesperación se apoderaba de mí.

Una vez en la cama me volví a quedar dormida, hasta que uno de mis hijos me despertó de madrugada. Fui a su cuarto y, supongo que del mismo cansancio, me quedé dormida. Cuando el despertador sonó a las seis y media, estaba dormida encima de la alfombra de su habitación.

Mientras me tomaba un café apareció Eze, nos dimos los buenos días y le dije que había pasado muy mala noche. No quise entrar en más detalles.

Despertamos a los niños. En algún momento, y al igual que he hecho en otras ocasiones, me miré al espejo y me dije que no me iba a permitir estar mal a pesar de mi enorme agotamiento.

Mi día dependía de mí, así que saqué fuerzas de donde no las tenía y me puse manos a la obra: cantamos en el coche camino al cole y fui al gimnasio media hora mientras escuchaba música muy motivadora.

A tope y cargada con toda esa energía me fui a un rodaje que tenía para una marca publicitaria. También grabé a mi familia virtual lo que iba haciendo. Les dije que me encontraba supercansada y con cero energía, pero que estaba haciendo todo lo posible por subir mi ánimo y mi positividad. Haciendo esto creía que podría motivar a alguien que estuviera de bajón también, para que se animara como yo lo estaba haciendo. El rodaje fue estupendo, estuve muy animada y contenta, e intenté pasar ese buen rollo al equipo.

De vez en cuando venía a mi mente la escena de la noche anterior, pero rápidamente la apartaba de mis pensamientos porque no quería focalizarme en nada negativo, intentaba mantener mi buen estado de ánimo.

Y llegó la hora de conectar con Luz.

—Hola, Tamara. ¿Cómo te sientes?

—Uf... qué mal estuve ayer y también esta noche...

—¿Por qué?

—Después de dormir a los niños, empecé a tener una sensación horrorosa, tenía angustia, ganas de llorar, hormigueo, un nudo en la garganta, no quise cenar, acabé en la ducha de madrugada... y me tomé una pastilla para relajarme.

—Tamara, tú no puedes tomarte lo que creas para relajarte.

—Ya lo sé, pero necesitaba parar esa sensación de angustia que iba cada vez a más, Luz.

—Mira, Tamara, tienes un trastorno de ansiedad, todo eso que sientes es normal, por eso lo tenemos que controlar y estamos trabajando en ello. Creo que ha llegado el momento de que te vea un especialista y valore el recetarte algo que te ayude.

—Yo lo que tengo es un estrés descomunal, Luz, no paro ni un minuto al día.

—Nadie dice lo contrario, está claro que tienes que bajar el ritmo, pero ese estrés se ha convertido en un trastorno de ansiedad, por las cosas que vives en el presente y por las que viviste en el pasado, que arrastras hacia tu vida actual y que no sacas fuera. Estamos trabajando para hacerlo.

—Tú sabes mejor que yo...

—Venga, vamos a empezar nuestra sesión. Ayer nos quedamos en la sensación que tenías con tu entorno. Quiero arrancar con una pregunta: imagino que, como todo el mundo, a lo largo de tu vida, habrás tenido una decepción tanto de amistad como con algún familiar. ¿Ha habido alguna que te haya marcado más?

—¿Una? Ja, ja, ja, ojalá fuese solo una.

—¿Familiar o con una amistad?

—Ambas.

—¿Qué pasó?

—No te lo quiero contar, es perder el tiempo.

—Estás equivocada, quizás sea ganarlo, porque esas vivencias te habrán llevado a ser como eres en ciertos aspectos.

—No lo creo.

—¿Ah, no? Respóndeme a esto: ¿volverías a actuar de la misma manera con otras personas como hiciste con las que te decepcionaron?

—Pues, mira, gilipollas de mí, lo hice y con dos que ya me habían fallado.

—¿Por qué gilipollas?

—Porque perdoné, y una de ellas me la volvió a jugar, la otra aún no lo ha hecho, pero ando siempre a la defensiva, con cuidado, no me fío.

—Me confirmas entonces que puedes perdonar.

—Por supuesto, y más cuando quiero a alguien.

—Y si volviese esa persona que te falló o decepcionó de nuevo, ¿la perdonarías?

—Jamás.

—¿Por qué?, ¿qué te lo impide ahora?

—La desconfianza.

—¡Ahí está, Tamara! La huella quedó marcada y te acompaña en tu día a día. La desconfianza está integrada en ti.

—Siempre fui desconfiada.

—Pero en este momento estoy segura de que lo eres más, ¿o me equivoco si te digo que ahora no aceptas a nadie nuevo en tu vida?

—No, no te equivocas.

—Me decías ayer que por parte de tu entorno sentías agobio, presión, que te sentías vigilada. Vamos a intentar destripar todo esto.

—Dios, qué pereza...

—No es pereza, es dolor, miedo y vergüenza, porque te da rabia sentir eso hacia tu gente, ¿a que sí?

—Sí... y no entiendo por qué.

—Por eso estamos aquí, para darle respuesta a todo. Tamara, ¿cómo te defines como persona?

—¿En qué sentido?

—En general, salte de ti ahora mismo, mírate desde fuera y descríbete.

—Luz, no sé lo que percibirá mi gente, pero...

—Olvídate de tu gente y del mundo. Descríbete, nadie te está escuchando.

—Vivo para los demás, soy una persona que, como te dije, piensa que la felicidad de los otros es la mía, y esto es lo que me motiva. Si sé que algo le va a hacer bien a otra persona, lo hago, lo que sea, me da igual. Es más, me hace tanto bien que mis días de bajón los transformo en alegría.

—Dime qué haces exactamente con la familia, por ejemplo.

—Mira, mi propio cumpleaños no lo celebro pensando en mí, te lo prometo. Pienso en la gente que vendrá y disfrutará de una gran fiesta, lo hago todo pensando en ella, hasta el más mínimo detalle. Hago lo mismo cuando son los míos los que cumplen años. Lo planifico con ilusión para que disfruten todos. Aunque yo no lo haga porque trabajo durante la celebración para que nada falte ni falle. En mi entorno dicen que no me preparan sorpresas porque no me gustan, y no mienten, la que miente soy yo. A mí me fascinan las sorpresas, pero digo que no me gustan para que no pierdan el tiempo en mí. Siempre que hago planes incluyo a toda la familia, me gusta llevármelos a todos, coger una casa chula en el campo, pasar tiempo juntos, que nadie haga nada porque ya me encargo yo de que todo esté preparado. Solo quiero que disfrutemos juntos.

—Parece que te niegas constantemente a ti lo que necesitas, pensando que si das a los demás, serás feliz. ¿Y qué más haces por los demás?

—Si me entero de que les falta lo más mínimo, intento remediarlo. También me gusta pasar mucho tiempo con los que quiero. Y hacerles favores si me lo piden. Da igual el que sea, si tengo que acompañarlos al médico cancelo lo que haga falta, o cambiarles un microondas estropeado, o hacerles un préstamo porque económicamente no están bien; lo que sea, intento estar ahí siempre.

—¿Pero te lo piden?

—Nunca. Mi familia jamás me pidió nunca nada, incluso te puedo decir que un día fui a casa de mi madre y vi su nevera vacía, ella ni me lo había contado, ese día mi alma se partió en dos. Yo ahora tengo dinero para ayudarla, pero ella jamás me ha dicho que necesitara nada. Mis yayos han tenido la nevera rota y esperaron a cobrar su pensión para poder cambiarla, me enteré por mi madre cuando iban a comprarla. Lógicamente, no lo permití y me hice cargo de todo. Porque cuando yo no tuve ellos siempre me ayudaron, mi madre la primera y mis yayos después. Me han criado, me han cuidado y ahora me toca a mí estar para lo que necesiten.

—¿Te has sentido utilizada en ese sentido alguna vez?

—Sí, tengo que reconocer que hay familiares que sí han querido aprovecharse de mi economía actual y lo consiguieron. Les di todo pensando que su amor hacia mí era de verdad, después me di cuenta de que no era así. Su interés era por lo que tengo hoy. Y que mañana puedo perder porque el dinero viene, pero también se va.

—Y con los amigos, ¿cómo te percibes?

—Siempre he sido una chica muy sociable, con muchas amistades y colegas. Sin embargo, al empezar la relación con mi marido e irnos a vivir fuera de España, mi vida social fue disminuyendo. Eze no es muy sociable, no le gusta relacionarse con mucha gente, y a mí no me gusta dejarle solo. Por supuesto, si me apetece salgo sin problema, pero cada vez me seduce menos la idea. A esto súmale la desconfianza extrema que tengo con todo el mundo. Además, y aunque no lo parezca, soy muy celosa de mi intimidad. Y así es como se ha ido cerrando mucho mi círculo de amistades.

—¿Qué relación tienes con ellos?

—Muy buena, tenemos una conexión especial, me siento muy querida y ellos también quieren mucho a Eze, tenemos el mismo grupo de amigos. Con ellos actúo de igual manera que con mi familia, porque soy de las que piensan que la familia es la que te toca, pero también la que escoges. Yo he tardado en conseguirla porque he tenido, por desgracia, gente a mi alrededor que solo me querían por lo que podían sacar de mí. Ahora siento que quienes están a mi lado son de verdad, y están por mí, por lo que sienten hacia mí. Si percibo que alguno me necesita, hago lo mismo que por mi familia. Por ejemplo, mi marido y yo siempre nos vamos de vacaciones con ellos. Me gusta compartir todo. Alguno de estos amigos me vio nacer o me conoce desde muy temprana edad; otros llegaron más tarde; bueno, en realidad fui yo la que me reencontré con ellos después, porque siempre estuvieron ahí, fui yo la que me alejé al dejarme llevar por otro tipo de amistades. Todos son esenciales en mi vida.

—Tamara, ¿cómo te sientes actuando así con tu gente?

—Como te dije antes, feliz.

—Pero me da la sensación de que priorizas el bienestar de los demás al tuyo.

—Sí.

—Entonces, ¿de dónde viene ese agobio, esa presión...?

—A mí no me agobia nadie ni me presionan a conciencia. Creo que soy yo la que siente eso, por mis actos.

—Probablemente detrás de esa generosidad haya una necesidad de ser querida, Tamara, una necesidad de ser percibida como una niña buena que merece que la valoren. Es una especie de grito de socorro. ¿Alguien sabe de tus problemas?, ¿por ejemplo, de todo esto que estás viviendo?

—Saben que estoy en terapia con una psicóloga, pero nada más. Sin muchos más detalles.

—Por favor, encuentra ese agobio, presión o desprotección y dime dónde lo sitúas.

—Estoy demasiado pendiente de las necesidades de los demás. Quiero que estén bien, y si hay mal rollo en algún momento, intento mediar de todas las formas posibles para que nadie sufra. Siento que tengo la obligación de solucionarle los problemas a todo el mundo.

—Pero no te lo piden.

—No, claro que no, todo lo contrario; pienso que, si no lo hago, no ejerzo de buena amiga o de buena familia.

—¿Y cómo te sientes al percibir esas responsabilidades?

—No conecto con ningún sentimiento, solo percibo obligación.

—¿Con quién hablas cuando estás así?, ¿con quién lloras?

—Con nadie, porque no dejo que estén a mi lado. Es complicado de explicar, porque si tengo un mal día, ellos son los primeros en estar, pero yo los evito.

—¿Te sientes sola?

—Mucho. Ahora mismo estoy pasando un momento muy malo, ellos lo saben y están pendientes, pero no siento que nadie cubra la necesidad que tengo.

—Tamara, ¡¡¡es que no la saben!!! No les dejas acceder a ti. Llora si tienes que llorar, pero escúchame atentamente, por favor. ¿Sabes qué sucede? Que estás viviendo un momento donde entran en juego las Tamara de toda tu vida. La pequeñita, esa que se sentía sola sin su mamá, sin un núcleo familiar, es la que ahora reúne a toda la familia para vivir días maravillosos juntos. Esa Tamara provoca aquello que nunca tuvo, se centra solo en ellos. Al igual que hace con sus amigos. Esa niña que salía a la calle en busca de amigos, ahora los tiene y los quiere cuidar, tanto que su único objetivo es darles todo y no volver nunca a sentirse sola y desamparada. También aparece la Tamara adolescente con mucho sentimiento de rabia. Nadie la escucha, está sola, su mamá trabaja y sus abuelos son mayores y se dedican a cuidarla. Su desprotección hace que se refugie en sí misma y no deja que nadie acceda a ella, aprende a vivir sola y a buscarse la vida. Ahora tiene ese grupo de amigos que la quieren, y considera que no tiene que hablar de nada suyo, solo vivir lo bonito para que nada enturbie ese momento que jamás tuvo y para no mostrar vulnerabilidad o aspectos que ella cree que pueden hacerla menos merecedora de amor: flaquezas, pequeños egoísmos y, en definitiva, las partes de nosotros de las que no estamos orgullosos, pero que también nos pertenecen. Y luego aparece la Tamara adulta, esa que vive para los demás, porque quiere cubrir las necesidades que no tuvo durante su vida, y también quiere ofrecerles todo lo que posee para que nadie pase por lo que ella vivió cuando carecía de muchas cosas. Porque a ella le hace feliz el bienestar de los otros y sabe lo que es no tenerlo. Y cuando le dicen gracias, el cuerpo de Tamara tiembla, no quiere que le agradezcan nada, considera que hace lo que debe hacer, pero a la vez siente alegría, y cuando la abrazan se derrumba, por eso no quiere que la abracen. Necesita mucho cariño, y todo el que tiene es poco para el que debe recuperar de todos los años pasados, cuando sintió que le faltaba. Y por eso Tamara necesita tanto a su familia virtual, porque le dan aquello de lo que siempre careció, la hacen sentir útil, no la dejan solita, la acompañan en su camino, le hablan, la escuchan, opinan, la aconsejan, y por eso tú haces tanto contenido para ellos, porque sientes que haces el bien. Pero tus afectos tienen que desarrollarse de manera saludable en el mundo real también, no solo en el virtual. No me malinterpretes, conozco el sólido vínculo que tienes con tu familia virtual, pero tienes que ser capaz de expresar tus necesidades, las necesidades que tengas en cada momento. Incluso si necesitas enfadarte o mostrar tu decepción con alguna persona. Tienes que poder expresar tus necesidades de manera cómoda y eso, eso solo se puede hacer con nuestro entorno directo. Tamara tiene que entender que tiene derecho a ser querida y respetada aunque no piense en los demás las veinticuatro horas del día. Tiene que darse espacio para sus propias necesidades porque, como ves, el no hacerlo nos enferma. ¿Puedes hablar?

—Noto una sensación de ahogo.

—¿Qué necesitarías ahora mismo?

—Un abrazo.

—¿Y por qué no lo pides?

—No soy capaz.

—Si tuvieses a tu gente delante y les hablaras desde el corazón, ¿qué les dirías?

—Tantas cosas... Estoy mal... no sé qué me pasa. Necesito que me ayudéis a salir de esto. No necesito irme a tomar una copa, necesito que estéis conmigo en mi casa, junto a mis hijos, que es lo que me hace feliz, y cuando los duerma haceros la cena y ver una peli mientras reímos o lloramos todos juntos. Como siempre muestro que soy una tía fuerte, es muy difícil que notéis lo que me está pasando, estoy mal. Saco cada día mis ganas de comerme el mundo y me puedo permitir estar un día mal, pero no todos. Los fuertes también se caen y noto que me estoy cayendo y que tengo que seguir levantándome para haceros felices. Hay muchas cosas que hago por vosotros y que no veis; siento que, sin daros cuenta, miráis para otro lado. Y sé que no lo hacéis conscientemente porque sois personas maravillosas y me queréis con locura. Pero la que está detrás soy yo y me duele. No quiero pasar esto en soledad, llevo toda mi vida ayudándome sola, sobreviviendo, quiero sentirme acompañada. El problema es mío porque no dejo que nadie entre en mi vida. Me he encerrado en mí misma y solo me dedico a mi familia, mi trabajo y mi casa. Os necesito. No sé de qué manera, pero os necesito.

—Esa eres tú, Tamara, te felicito. Todo lo que haces y sientes tiene un porqué, y estoy feliz porque te estás dando cuenta de todo.

—Sí, pero aunque ahora sea consciente, ¿cuándo voy a eliminar esta sensación que tengo?

—Poco a poco... Ahora estás haciendo un trabajo impresionante, lo estás haciendo muy bien, estamos dando sentido a todo y después daremos solución. No te agobies.

—Creo que cada día me siento peor.

—Te sientes peor porque sale todo hacia fuera, cielo, y repito, no todo porque tú no quieres sacarlo todo. Pero lo que hemos tocado y sacado es muy desagradable, lo mínimo que puedes sentir es lo que sientes. Tú, tranquila. Al principio uno lo interioriza y le sale como a ti, con actitudes extrañas, comportamientos raros, y después viene lo que te está sucediendo, se exterioriza. Todo está dentro de lo normal en tu estado.

—Vale...

—¿Qué vas a hacer hoy?

—Es viernes, voy a recoger a los niños y me voy a ver a mis yayos porque quiero tomar un refresco con ellos. Y este finde voy a montar una fiesta de pijamas en casa, con mis hijos y mis sobrinas.

—¡Qué divertido!

—Sí, tengo muchas ganas...

—Pues disfrútalo, y, por favor, confía en ti. Y mi teléfono está veinticuatro horas disponible, ¿ok?

—Ok, muchas gracias. Un besito.

—Otro para ti.

Así que imagínate, querido diario: al principio el viernes fue raro, pero luego lloré un montón y ese nuevo nudo desapareció. Me puse canciones en el coche y recogí a los niños. Estuve con los yayos y mi madre tomando un refresco en el parque y traté de sonreír.

Mi marido notó que algo no iba bien, pero le dije que la terapia me había dejado tocada y lo entendió.

Te dejo por hoy, que tengo que llevar a los peques a clase de cocina y luego voy a preparar la superfiesta de pijamas.

Feliz finde.

DÍA 7

NO PUEDO MÁS

Querido diario:

Llevo solo dos días sin escribirte y parece que ha pasado una eternidad. Con Luz cada día me siento más cómoda. Me sucede lo mismo contigo, porque al escribirte me desahogo y eso me hace sentir muy bien.

Tengo que contarte cómo han sido estos días. Me encantaría decirte que fueron geniales, pero mucho me temo que no ha sido así. El fin de semana fue horroroso.

El viernes hice una fiesta de pijamas con mis sobrinas y mis hijos. Preparamos la cena y la tomamos en un ambiente de lo más amoroso y especial. Estuvimos superfelices todos. Luego montamos el salón para dormir los cincos juntos. Bueno, Eze se escapó a jugar con la Play y acabó durmiendo en su habitación.

Estuvimos viendo una película y jugué con los niños, entre risas y el nerviosismo infantil por la noche tan diferente que se avecinaba. A mí todavía me duele la espalda de la «acampada», pero fue fabuloso verlos disfrutar cantando canciones, cada uno en su pequeña tienda de campaña. También me tocó hacer guardia toda la noche para colocarlos en el colchón porque se caían. Fue divertido, aunque agotador. Pero mereció la pena porque cada vez que consigo ver sonreír a mis hijos me lleno de pura felicidad.

El sábado empezó bien, pero luego todo se torció, tanto que tuve que escribir a Luz.

Luz, ¿estás disponible?

Hola, Tamara, estoy con mis hijos, ¿pasa algo?

Nada importante, perdona, cielo, hablamos el lunes.

No, debe ser algo importante para que tú me escribas un sábado. Te llamo en cinco minutos. Tamara, te estoy llamando, cógemelo.

No puedo ahora...

Sí puedes, cógemelo.
Espera, te hago una videollamada.

—Hola...

—¡Tamara! ¿Cómo estás?, ¿ha sucedido algo?

—No... Bueno, es que no sé qué me pasa, Luz. Quiero saber qué coño es esto, ¿por qué estoy así?

—Tranquilízate, respira, por favor... Tamara, respira. ¿Dónde estás?

—En mi oficina.

—¿Y qué haces allí? Es sábado, ¿y los niños? Teníais fiesta ayer ¿no?, ¿y Eze? ¿Dónde está? Tamara, tranquilízate, por favor, dame la dirección que voy para allá.

—¡No! Bajo ningún concepto quiero que dejes tu vida para ocuparte de la mía.

—Tamara, tranquila, si te lo ofrezco es porque quiero hacerlo. Déjame que te ayude.

—Pero si vienes a mí me hace mal, porque estoy estropeando tus planes. Luz, no quiero que vengas, me haría sentir peor.

—No quiero perturbarte ni hacerte sentir peor. Vale, no voy a ir a verte, pero hablemos, por favor. Ve a coger agua a la cocina, bebe despacio, lávate la cara y vuelve. Aquí te espero.

—Ya estoy, Luz. No puedo más.

—Vamos a hablar con serenidad ahora. Necesito saber qué te pasa, necesito saber qué te sucedió anoche para llegar a este punto. Hiciste la fiesta y todo fue bien, ¿no?

—Fue increíble, cuando terminé contigo la sesión, recogí a mis niños y como te dije nos fuimos a tomar algo con mis yayos y mi madre, y luego a casa a esperar a que llegaran mis sobrinas, después nos fuimos a comprar para preparar la cena juntos.

—¿Se te fue el malestar que tenías al acabar la sesión?

—Al principio no, pero comencé a motivarme, como hago siempre cuando estoy con bajón. Fui sacando fuerzas hasta que conseguí llenarme de energía positiva, ya sabes cómo soy yo.

—Sí, sí, lo sé, y mira que es difícil. Siempre te lo digo, y no me cansaré de repetírtelo. Eres una fuerza de la naturaleza. La capacidad de superación que tienes es admirable.

—Como te digo, estuvimos haciendo la cena todos juntos, los cuatro niños, Eze y yo. Luego montamos el salón con las tiendas y fuimos pasando la velada entre juegos, cantos, vimos también una película. Yo estaba pletórica porque a los niños se los veía muy felices. Por la noche me desperté continuamente porque tenía que estar pendiente de todos, se salían de los colchones y se caían, y no quería que durmieran en el suelo. Una de las veces en que me desperté para atenderlos ya no me pude dormir, serían las cuatro de la mañana aproximadamente. Mi cabeza no dejaba de dar vueltas.

—¿A qué le dabas vueltas, Tamara?

—El pensamiento más recurrente era intentar entender por qué estaba como estaba. Pensaba que lo tenía todo para ser feliz, cuando hacía años no era así, no tenía una vida tan plena y, sin embargo, nunca tuve esta horrible sensación. Antes no tenía una preciosa familia, ahora sí. Antes no disfrutaba de un buen nivel económico, ahora sí. Respecto a la salud... Bueno, en cuanto a este tema hay una excepción porque mi princesa, la hija de mis mejores amigos, padece cáncer. Es como si fuese mi sobrina y, evidentemente, me tiene muy preocupada.

—Déjame hacer un patrón y continuamos, ¿qué papel tienes tú en esa familia a la que tanto quieres y que tanto te preocupa?

—Mi papel es cuidarlos y hacer todo lo que esté en mi mano para que mi princesa se cure. Animarlos cuando se hunden, sostenerlos cuando se caen y escucharlos cuando se quieren desahogar. Este verano me fui a Barcelona para estar junto a ellos durante el tratamiento. Lo hago porque quiero y porque me hace bien; sé que me necesitan y deseo estar ahí. Joder, ese sí que es un verdadero problema, no la mierda que me está pasando a mí. Por eso no lo entiendo y me castigo.

—Lo acabas de decir, te castigas, te estás fustigando, Tamara. Ayudas al resto del mundo, como que tu único objetivo sea ayudar para que a nadie de tu alrededor le falte nada. Y, además de hacer todo eso por ellos, no dejas que nadie te vea mal, no lo consientes, para que ellos no sufran. Pero esto pasa factura y se acumula, cariño. Porque se junta el presente de cómo eres con el pasado de lo que has vivido, ese que te lleva acompañando toda tu vida. Y ese cóctel ha rebosado.

—No paro de preguntarme cosas para intentar entender, y me enfado conmigo misma.

—Sígueme contando, por favor. A las cuatro de la mañana estás dándole vueltas a la cabeza y no te puedes dormir...

—Ok, continúo. No lo recuerdo, pero creo que debí quedarme traspuesta hasta que los pequeños me despertaron. Me hice un café y, mientras me lo tomaba, me sentía muy enfadada; aunque eso no impidió que preparara muy contenta el desayuno de mis niños.

—Perdona, me he perdido, ¿estás enfadada tomando tu café, pero preparas el desayuno de ellos feliz?

—Sí, porque el café lo tomo sola y el desayuno lo preparo con ellos delante, y me dibujo una sonrisa para que no noten nada. No toleraría que me vieran mal.

—Ok, entiendo.

—Al rato apareció Eze. Yo estaba en el porche fumando un cigarro. Él, con tan solo verme la cara, intuyó que algo no iba bien y me preguntó por la noche; le respondí mal, le dije que no había dormido. Él se sentó a mi lado. «Cariño, tienes que reducir la carga de trabajo porque te pones a mil cada vez que coges más —me tranquilizó—. A eso súmale los niños y la casa. Tantas responsabilidades te están consumiendo». Reconozco que le contesté de muy malas maneras. «Llevas razón. —Lo miré a los ojos—. Estoy muy cansada y desbordada de responsabilidades y a ese cansancio se le suma que no me encuentro bien, cariño. Aunque estoy en terapia cada día me siento peor. Estoy removiendo muchos temas que no sabía que me hacían este daño. Necesito ayuda, te necesito. Me siento débil». «No sabía que estabas tan mal», me contestó. «Ya lo sé, porque ves que no paro, que sigo haciendo mi vida igual que siempre o incluso que estoy más activa. Porque yo sola tengo la capacidad de subir mi ánimo y de no meterme en la cama y olvidarme del mundo, pero estoy muy mal, cariño», le respondí. «¿Pero por qué no te tomas más tiempo para ti?», me pidió. «Porque no lo tengo. Además, a mí no me soluciona este problema irme a dar un masaje relajante», le aseguré.

—¿Y qué te respondió?

—Que se refería a estar con nuestros hijos y con él. Yo le señalé que siempre estaba, que nunca dejaba de estar con ellos. Pero que no podía dejar de trabajar, nunca lo había hecho y no lo iba a hacer ahora. Me pidió que no lo hiciera, pero sí que redujera la carga. Le reconocí que tampoco podía, que tenía la suerte de tener muchas oportunidades en este momento y que mañana no sabía si sería igual, que era importante ahorrar.

—Cuando le hablaste del dinero, ¿qué te dijo?

—Que somos una familia y que si las cosas me iban mal, teníamos el dinero de los dos. Yo le respondí que el que él había ganado era suyo porque lo había trabajado desde pequeño y que yo debía aprovechar porque quizás en unos meses no tuviera nada que ofrecerle. Aunque él no estaba de acuerdo con mi punto de vista, le pedí que respetara mi parecer. Que estaba muy agobiada desde hacía meses pero que no quería contarle nada de momento. Que estaba soportando una tremenda angustia. Le expliqué también que no estaba cansada solo por despertarme por la noche para atender a los peques. Que el trabajo me consumía, pero no tanto como para tener que irme a dormir sin cenar. Que mi meta era que todos fuéramos felices y que por eso estaba pendiente de todos y sacaba la energía de donde fuera con tal de que nadie se diese cuenta de mi angustia y malestar.

—¿Le pareció bien que mientas cada día con respecto a cómo estás realmente?

—¡No! Claro que no, pero le hice saber que durante muchas horas del día era yo, la que siempre hace por motivarse, la que siempre está activa, la que intenta no caer nunca; y que si me mostraba bien es porque era así. Pero, además, existía esa otra yo que estaba fatal, que sufría muchísimo, que padecía episodios horribles. A esta otra sentía que no la reconocía, pero era yo también. En ese momento me empecé a ahogar.

—¿Y qué paso?

—Me dijo que me tranquilizara, que respirara. Le dije que me sentía sola y me preguntó que si él me había dejado sola.

—¿Te molestó la pregunta?

—No, pero le pedí que no fuera por ahí. Reconocía que no le había dicho nada para que no supiera lo mal que estaba. Me había visto muchos días así y había creído que era por cansancio, pero no le culpaba en absoluto. Ahora sí que le estaba informando de la situación real. Nunca imaginó por lo que estaba pasando. No se había dado cuenta, siempre me veía activa, tirando de todo, haciendo planes, disfrutando de ellos, organizando las vacaciones, juntando a todo el mundo. Le confesé que no me había permitido a mí misma caer, pero que sentía que me estaba desmoronando, que estaba asustada. Me abrazó y reconocí por primera vez que lo necesitaba a mi lado más que nunca.

—¿Qué hicisteis después?

—Me propuso salir a cenar fuera los dos solos, pero no me apetecía. Lo único que deseaba era darme una ducha, relajarme. Bajo el agua noté cómo mi corazón se aceleraba y mi visión se distorsionaba. Me asusté mucho, estaba hiperventilando y no podía dejar de llorar, estaba desconsolada. Sonó en mi móvil un audio de WhatsApp de una persona que me pedía un favor insignificante, pero me empecé a agobiar más y más. Me pregunté si solo estaba para eso, para hacer favores a los demás. Sin embargo, yo estaba muy mal y no tenía a nadie. Llamé a mi madre para pedirle que viniera a casa a cuidar a los niños y le dije a Eze que necesitaba irme y que quería ir a dormir a mi oficina. Y aquí estoy.

—Te noto muy angustiada, Tamara.

—Sí, me he vuelto a tomar otra pastilla. ¿Sabes lo peor de todo, Luz? Que a mí lo que me motiva es mi gente, mi trabajo y hacer contenido para mis redes sociales. Pero es que ahora mismo no me apetece. Y eso es lo que me asusta. Que no tengo más fuerzas para motivarme, solo me apetece estar en la cama durmiendo y llorar.

—¿Y si dejas pasar el día de hoy y mañana? Observa cómo te encuentras y quizás esas ganas aparezcan.

—No quiero porque ya no sería yo, estaría mintiendo a mi familia y a mis amigos, les estaría ocultando algo. Y a mi familia virtual les estaría pintando una realidad que no existe, porque sería falso aparecer aparentando estar bien cuando no lo estoy. Realmente no me apetece hacer nada, y si lo hago sería una falsa.

—¿Y qué deseas entonces?

—Tomarme un descanso. No puedo más.

—Tienes que valorar la motivación y la energía que te da tu familia virtual y la recompensa que tienes haciendo su vida un poquito más dulce, pero si estás tan cansada, necesita un punto de inflexión.

—No puedo más, Luz, y antes que mentir prefiero seguir manteniendo mi esencia, la verdad. De todas formas, mi familia virtual sabe que algo no va bien, me conoce demasiado. Le ofrezco cada día mi mejor versión porque se lo merece, pero me planto. Voy a decirles a todos la verdad. Que estoy mal, que necesito parar.

—¿Qué necesitas, Tamara? ¿Qué te pide el cuerpo?

—Desconectar del mundo.

—¿Qué es el mundo?

—Todo, dejar el trabajo, por ejemplo. Desde que tengo catorce años nunca he dejado de trabajar ni cuando estaba enferma, pero esto de ahora me supera. Dejar de trabajar, alejarme de mis amigos.

—¿De tus amigos?

—Sí... no quiero ver a nadie.

—¿Tu familia?

—Mi madre no es tonta, sabe que algo no va bien, pero no hasta este grado. A mis yayos no les voy a decir nada, ellos no tienen por qué enterarse.

—¿Y tus redes, tu familia virtual?

—A ellos les diré que me permitan un descanso, yo después les daré las explicaciones, no porque tenga la obligación, sino porque se preocuparán, no es normal en mí. Pero no puedo mentirles.

—¿Estás segura?

—Mucho...

—Tranquila, llora. Esto no es fácil, lo sé. Cuando empezamos terapia a veces creemos que tenemos un solo problema; después, tirando del hilo, la madeja está más enredada de lo que creíamos y se junta con nuestro presente, y tu presente, Tamara, tiene mucho peso, mucha intensidad y poca intimidad. Esto a veces te ayuda y te impulsa, pero otras puede llegar a inhibirte para que no se tambalee y te está pasando factura.

—Lo sé, Luz, a lo largo de mi vida me he caído muchas veces, pero me he levantado. Mis ganas son las que he tenido siempre y mi fuerza no desiste, solo que ahora creo que lo importante soy yo. Sola o acompañada tengo que salir de esto; me tengo que curar.

—Exacto, pero para eso, al igual que has tenido que recurrir a mí para que pueda ayudarte, yo tengo que pedir ayuda a un especialista.

—¿A qué te refieres?

—A un psiquiatra, Tamara. No te asustes. Un médico que con tu diagnóstico quizás pueda ayudarte farmacológicamente en estos momentos tan difíciles.

—No me asusto, Luz, porque me quiero curar. Quiero ser la persona que era, o al menos encontrarme y no sufrir lo que estoy sufriendo. Cuando me duele la cabeza voy al neurólogo y ahora mi problema lo tiene que tratar otro médico, en este caso, el psiquiatra. Estoy dispuesta a todo con tal de curarme.

—¿Qué sientes ahora mismo?

—Alivio. Y te vas a reír, ¡motivación! Porque siento que estoy poniendo de mi parte para que esto termine. Hoy me voy a permitir estar en la cama llorando, comiendo y viendo la tele, publicando ese *post* para mi familia virtual y diciéndole a mi gente que me caí, pero que me voy a levantar, y que no lo voy a hacer sola. Esta vez lo haré con ayuda.

—Tamara, felicidades. Me encanta que seas tan luchadora. Ahora mismo voy a llamar a mi compañera psiquiatra para saber si nos puede atender el lunes, ¿ok? Descansa.

—Gracias, gracias por estar y por no soltarme.

—Gracias a ti por hacerlo tan fácil.

Ese fue mi sábado, querido diario. El domingo fui a casa a las seis de la mañana para que los niños, cuando se despertaran, me vieran allí. Disfrutamos de un día muy agradable todos juntos.

Esta mañana, pronto, escribí en el chat que tengo con mis amigos que me ponía en tratamiento psiquiátrico y que continuaría con mi terapeuta. Les expliqué que, aunque no tenía nada que ver con ellos, mi cuerpo me pedía estar sola, pendiente tan solo de mis hijos. También les dije que iba a coger un descanso en mis redes sociales.

La decisión estaba tomada y yo estaba decidida a todo. Escribí un texto en mi perfil de Instagram donde ponía: «Permitidme un descanso familia virtual, os amo».

Desactivé los comentarios porque la gente, evidentemente, me iba a preguntar y no quería aparecer, quería desconectar por completo. Pensé que era una manera de protegerla ante su segura preocupación, convencida, además, de un hecho que siempre asumo: No hacer mal a nadie, prefiero hacérmelo a mí misma.

Me acaba de escribir Luz.

> Hola, Tamara.
> Hoy lunes a las diez y media tienes cita con la psiquiatra.
> Luego te doy los datos, después tú y yo tenemos la terapia.

DÍA 8

ALEJARME DEL MUNDO

Querido diario:

Hoy es un día muy especial. Han ocurrido muchas cosas en muy pocas horas. Tras la vorágine de emociones, vértigo y desesperación, hablé con mi marido. Le dije que para recuperarme necesitaba irme unos días al campo. Le pareció una idea fantástica. También hablé con mi madre y, como suele hacer siempre, apoyó mi idea. Me pidió que no me preocupase y que ella se vendría a nuestra casa para ayudar a Eze con los niños.

Necesitaba coger aire, desconectar. Una parte importante, la de avisar a mi familia virtual, ya estaba hecha. Tenía que parar, evitar las redes sociales, cuidarme, mimarme y tomar un tiempo para mí. Creo que están bastante preocupados, saben que yo no desaparezco así como así, y cuando lo hago, se inquietan. La última vez que lo hice, y fue sin querer, sucedió cuando entré en un quirófano para quitarme un tumor. Aun así, te confieso que voy escribiéndoles por privado para que estén tranquilos y sepan de primera mano que nada grave me está pasando, o al menos eso creo yo.

Pero es que no es normal lo mal que me siento, e incluso diría que estoy muy asustada.

Necesito desaparecer, aunque me duela, tengo que desconectar de mis amigos y mi gente. Obviamente no voy a desconectar al cien por cien de mis hijos y de mi familia, pero hablaré con ellos lo justo, sin entrar en mucho detalle. Excepto con los pequeños, a quienes llamaré a todas horas. En parte también me voy para que no vean a su mamá así... ¿Para qué voy a preocuparlos? No hay necesidad de que sufran.

En el campo tampoco estoy sola, han venido conmigo Iker y Mariana, dos personas que trabajan conmigo mano a mano, aunque esta vez no están a mi lado por un tema laboral, sino en calidad de amigos. Y por supuesto, tengo también conmigo a mi perro Nosso. No sabes todo lo que me está ayudando en este proceso. Siento que la vida, por mucho que ahogue a veces, por muchos momentos difíciles que te lleguen, también te ayuda ofreciéndote algo bueno entre tanto malo.

¡Como un rayito de luz entre tanta oscuridad!

Doy gracias porque Nosso haya llegado a mí justo en el momento más complicado de mi vida. Si afirmo rotundamente que es el más complicado de mi vida es porque me atrevo a confesarte que ni siquiera cuando viví el proceso de buscar a mis hijos lo pasé tan mal como lo estoy pasando ahora. ¿Sabes por qué? Porque entonces tenía localizado el problema, sabía de dónde venía toda mi inquietud, mis preocupaciones, mi tristeza, mi impotencia..., pero ahora estoy perdida y desesperada. Aunque empiezo a darle sentido a todo gracias a mi terapeuta. Hoy doy un paso más allá, algo que jamás hubiese imaginado. Ponerme en manos de una psiquiatra.

Mira, querido diario, no soy de esas personas que piensan que por estar en manos de un psicólogo o psiquiatra estás loco, pero eso no quita que me sienta un poco perdida ante esta nueva parte de mi terapia. Conozco el terreno de los psicólogos porque, como te comenté, en su día me puse en manos de uno. Sin embargo, el terreno de los psiquiatras lo desconozco totalmente, de ahí mi incertidumbre, no sé qué me voy a encontrar ni qué va a suceder ni lo que me dirá, y sobre todo, me pregunto: ¿por qué he llegado a este punto...?

Y volvemos a lo mismo, a mi inseguridad ante lo que no controlo, a mi miedo a que me fallen, a mi desconfianza hacia todo el mundo.

Esas sensaciones siempre se encuentran latentes. Lo sé, no soy importante, pero no me fío de nadie, tengo esa sensación dentro de mí que me impide confiar en alguien sin más.

Cuando Luz me recomendó un psiquiatra, también puso sobre la mesa otro tema que podría afectarme.

—Tamara, has tomado la decisión de alejarte un poco del mundo, sobre todo de tus redes sociales. Eres consciente de que los medios de comunicación querrán también saber qué te ocurre, ¿verdad?

—Es obvio, mis compañeros hacen su trabajo, buscar la noticia y publicarla es su manera de ganarse la vida y es completamente lícito.

—Por eso mismo creo que si te has alejado, ellos te buscarán, y lo que no te haría ningún bien sería ver una foto tuya publicada en las revistas entrando a un lugar que ponga «Unidad de Psiquiatría», ¿no crees?

—Sí, Luz, y no porque me dé vergüenza que mi familia virtual me vea en esa situación. Es porque estoy acostumbrada a contarle yo todo, no a que se enteren por otros medios. Siempre hemos tenido esa comunicación.

—He hablado con la psiquiatra y le he contado tu caso. Me ha dicho que te atenderá *online* sin problema ninguno.

—Estupendo, muchas gracias, Luz.

¡Qué lógico me resulta el razonamiento de mi psicóloga! Ha conseguido que la consulta sea *online* para que me sienta bien, a gusto, cómoda. Y una vez más lo ha conseguido.

A punto de conectarme estoy de los nervios. Siento que me están dando taquicardias.

A las diez y media me conecté al *link* que me envió la doctora, apareció ella, al mismo tiempo que recibía un WhatsApp de Luz:

Confía, estamos para ayudarte, déjate llevar.

Este mensaje me dejó un poco más tranquila, a pesar de mis nervios. La doctora era morena, llevaba gafas. Estaba sentada en una silla y frente al ordenador la vi sonreír. La luz que tenía de ambiente era tenue. Me había colocado en el salón de la casa que había alquilado para esos días de retiro. Llevaba mi pijama favorito y el más calentito, uno gris con chaqueta. Siempre llevo una camiseta de tirantes porque me dan subidas de calor y tengo que quitarme ropa. Luego tengo frío, así con las capas puedo jugar a quitármelas cuando quiera.

No estaba peinada ni maquillada. No había dormido nada y me había despertado en varias ocasiones durante toda la noche. ¿El motivo? No lo sé.

—Hola, Tamara, un placer.

—Hola. Mucho gusto.

—No te veo muy bien, ¿tienes un poco más de luz?

—Sí, claro, tengo las persianas bajadas y solo me alumbra la luz del ordenador.

—¿Te importa levantar un poquito la persiana? Así te veo mejor.

—Voy —dije, y levanté hasta la mitad la persiana—. Es que odio la luz.

—¿Ah sí?, ¿odias la luz?

—Sí.

—¿Pero de siempre? —Intentaba darme conversación, de una manera sutil y distendida.

—He sido muy noctámbula, me gusta más la noche que el día, pero ahora últimamente odio la luz.

—¿En qué sentido, Tamara? Es para entenderte. Es decir, ¿antes disfrutabas de la claridad y ahora no?, ¿te importa ponerme un ejemplo?

—Sí, claro. Yo durante el día hago mi vida siempre sin problema, la luz no me molesta para nada, otra cosa es que prefiera la noche. Pero ahora, durante el día bajo las persianas, no quiero ver claridad, excepto cuando están mis hijos, por supuesto, ahí me obligo.

—Entiendo. ¿Tienes hijos?

—Sí, dos.

—¿De qué edad?

—De cuatro y seis años.

—Qué bonita edad... Bueno, Tamara, ¿estás cómoda?

—No.

—¿Por qué? ¿Qué te incomoda en estos momentos?

—No sé... Llevo sin estar cómoda mucho tiempo, además, tu presencia me hace estar diferente; nunca he vivido una situación de llegar al punto de tener que ver a un psiquiatra, y la verdad, todo esto me asusta un poco.

—Es lógico. Me comentó Luz que a la vez eres algo desconfiada, ¿cierto?

—Sí. Eso me hace estar más distante. Lo siento, de veras que no es por ti en concreto, es en general...

—No pasa nada, es lo más normal. Vamos a hacer una cosa, te voy a explicar quién soy yo y qué voy a hacer contigo, ¿te parece?

—Sí.

—Tamara, ¿por qué lloras?

—No lo sé.

—Llora sin guardártelo mientras te hablo, ¿te parece?, pero escúchame, ¿vale?, y si quieres paramos.

—Vale, gracias.

—Llevo muchos años dedicándome a ayudar a personas que tienen un problema o varios de salud mental.

—¿Tengo yo un problema de salud mental?

—Espera, déjame terminar y verás como lo entiendes.

—Ok.

—En mi profesión, encontramos infinidad de casos, muchos de ellos completamente diferentes, y al igual que en otras enfermedades tenemos que intervenir para dar con el tratamiento idóneo para su curación.

—¿Tratamiento?

—Tranquila, tú escucha y no guardes el llanto, sácalo, yo te sigo contando. Si tienes un dolor de cabeza fortísimo, primero vas al médico de cabecera, él te hará un primer examen y, probablemente, te mande una medicación para ver si se te pasa. Si con el tiempo no se consigue ese alivio, te mandará unas pruebas más rigurosas, por ejemplo, un tac. Y de ahí te derivará a un neurólogo. Ese tac te lo hará un especialista. Después la lectura te la hará un neurólogo, que trata todo lo que tiene que ver con la cabeza. Bien, pues mi caso es igual.

—Vale.

—Te pusiste en manos de Luz porque te diste cuenta de que algo no iba bien en ti, te encontrabas rara, diferente, y comenzaron a aparecer síntomas añadidos que no relacionabas con nada que estuviera sucediendo a tu alrededor. Tu terapeuta está realizando un tratamiento contigo, pero en muchas ocasiones los psicólogos necesitan cooperación de médicos, en este caso de un psiquiatra. Es lo mismo que el anterior ejemplo, el médico de cabecera te manda al neurólogo, pero sigue tu caso en todo momento. Aquí sucede lo mismo, Luz seguirá contigo a diario, pero ahora necesitas mi ayuda para poder avanzar.

—¿Ayuda en qué sentido? Si no sé qué me pasa.

—No lo sabes tú, pero tu terapeuta sí, por eso te derivó a mí, y yo ahora voy a valorarte para emitir un diagnóstico.

—Vale... y tú, en concreto ¿qué haces?

—Te comento. Dependiendo de cada paciente, los psiquiatras actuamos de una manera o de otra. Cada caso y diagnóstico es distinto, pero, básicamente, para que lo entiendas, la psiquiatría es una especialidad de la medicina que se ocupa de la prevención, evaluación, diagnóstico, tratamiento y rehabilitación de las personas con trastornos mentales con el objetivo de restaurar la salud y de conseguir la máxima reintegración de la persona con la mejor calidad de vida posible.

—Pero yo no tengo un trastorno.

—Es normal que te asuste el nombre, es normal que estés nerviosa. Pero piensa una cosa, antes me has dicho que no sabes qué te pasa, ¿te parece que lo saquemos juntas?, ¿me ayudas?

—Por supuesto, lo que deseo es estar bien, no como estoy...

—Pues venga, vamos a ello.

Querido diario, a ti sí que no te voy a mentir, necesito dormir. Tengo la cabeza que me explota. Me duele muchísimo. Y, además, debo asumir el diagnóstico que me ha dado la psiquiatra. Sinceramente, jamás pensé que yo pudiera tener esto.

Después te sigo contando.

DÍA 9

EL DIAGNÓSTICO

Querido diario:

Está claro que necesitaba descansar, dormir, desconectar... Hoy me he levantado y lo primero ha sido tomarme un buen café, que me he preparado bien caliente. Después he ido con el perro a pasear y a respirar aire puro.

Esta casa es muy acogedora, chiquitita y con una chimenea. La fachada también es encantadora, está rodeada de árboles y delante tiene una explanada enorme que hace las veces de jardín y que ahora está llena de hojas caídas. Realmente es una casa especial.

Aquí me siento tranquila.

Me paso la mayor parte del día en pijama y en chándal cuando saco al perro. Los paseos con él me vienen fenomenal, a veces corremos y hasta nos metemos en los charcos. Aquí sonrío, me siento en paz. ¿Sabes que ni siquiera me traje mi neceser de maquillaje? No lo necesito. Y menos aquí. En realidad, llevo bastante tiempo sin querer maquillarme, lo hago obligada cuando tengo que estar presentable para alguna reunión de trabajo.

La cabeza me sigue doliendo, menos que antes, pero lo suficiente para saber que el dolor sigue ahí. Con respecto a la psiquiatra, aun no me creo lo que me ha dicho. Nunca lo hubiese imaginado.

Te sigo contando lo que dejé a medias días atrás. La conversación con ella fue bastante fluida, hasta que comenzó a preguntarme. Entonces empecé a agobiarme.

—Tamara, ¿por qué llegas al punto de contactar con tu terapeuta?

—Porque intuía que algo en mí no iba bien.

—¿Desde hace cuánto tiempo te sientes así?

—Si te soy sincera, hace mucho que sé que no estoy bien.

—¿De cuánto tiempo estamos hablando?

—No sé, de año y medio o de dos. Mis primeras sensaciones fueron las de encontrarme mal, un malestar cada vez mayor. Luego aparecieron los síntomas más desconcertantes, que hoy están siendo horrorosos, porque afectan mucho a mí día a día. Fue en ese momento cuando, aconsejada por una amiga, decidí ponerme en contacto con ella.

—¿Y qué tal con Luz? ¿Notas mejoría?

—Es raro de explicar. Cuando comencé con ella me sucedió lo mismo que contigo, que no me fiaba absolutamente nada al principio. Pero, poco a poco, se fue ganando mi confianza hasta tal punto de que me abro en canal cada vez que tenemos sesión.

—Y cuando te abriste en canal y empezaste a estar a gusto, por llamarlo de alguna manera, ¿te sentiste mejor?

—Más que mejoría, lo que observaba es que iba dando respuesta a muchas cosas de las que me sucedían. Por ejemplo, hechos de mi vida que pensaba que no me afectan y sí lo hacen. Yo creía que los tenía perfectamente controlados, pero no era verdad. Después, a medida que tenía más sesiones, comencé a encontrarme peor, muy mal incluso, pero Luz me dice que es normal.

—Y lo es. En terapia, y más en un caso como el tuyo, cuando empiezas a rascar dentro de ti y salen capítulos muy duros de la vida, estos remueven muchísimo, y todo provoca que te encuentres peor. Pero al mismo tiempo, que te sientas cada día peor en el fondo es beneficioso, porque le das respuestas a muchas situaciones. A este respecto, dime una cosa, Tamara, ¿qué síntomas o sensaciones has tenido después de las primeras sesiones?

—Uf, pues el dolor de cabeza es uno de los síntomas fijos. Aparte, me quedaba siempre muy pensativa al salir, y luego no dejaba de darle vueltas a lo que habíamos hablado. Me costaba dormir con todos esos pensamientos, más otros añadidos que tenían que ver con los temas pendientes de los que tendría que seguir hablando en la siguiente sesión. Y cuando una herida duele, pensar que te la van a tocar de nuevo te crea mucha ansiedad. La suma de tantas sensaciones me generaba un enorme nerviosismo.

—¿Y ahora?, ¿cómo te sientes tras estas semanas de sesiones?, ¿qué notas?

—Algo horroroso. Siento cosas que jamás había sentido, tengo emociones y sensaciones que no había experimentado nunca. Hay muchas cosas que antes me gustaban y que ahora no quiero hacer...

—¿Puedes enumerármelas?

—Pues mira, te voy a contar cosas que me están ocurriendo y que no son nada normales en mí. No tengo ganas de vestirme, solo quiero estar en pijama; no quiero salir de casa, no tengo ganas de trabajar, me cuesta muchísimo y lo hago sin ganas; solo quiero llorar y estar en la cama a oscuras y dormir.

No tengo motivación por nada, no me apetece salir a ningún sitio, excepto cuando estoy con mis hijos. Esto no es frecuente en mí, es más, siempre me ha gustado todo lo contrario: vestirme, arreglarme, maquillarme, salir, trabajar, estar alegre, hacer ejercicio, vivir mucho y dormir poco si hace falta...

—¿Cómo duermes?

—Fatal.

—¿Cuántas horas seguidas?

—Tengo dos niños pequeños y necesito estar pendiente de ellos, alguna vez me pueden dar una mala noche, pero, por lo general, duermen bien. Lo habitual es dormir tres horas seguidas.

—¿Por qué?, ¿qué sucede esas veces que te despiertas en mitad de la noche?

—Tengo muchas pesadillas, son horrorosas. Me despierto sobresaltada, con taquicardia. Al final me tengo que levantar y meterme debajo de la ducha para calmarme y quitarme los temblores, pero también para llorar.

—¿Sueles ser una persona negativa?

—¡No! Para nada, siempre he sido muy positiva. A todo lo malo sabía cómo sacarle su lado bueno. Aparte de eso, he sido capaz de automotivarme en las etapas difíciles. Algunas veces me podía costar más; otras menos, pero le daba la vuelta a la situación y conseguía lo que quería.

—¿Me puedes contar cómo era un día tuyo normal antes de comenzar la terapia con Luz?

—Madre mía, parece una etapa tan lejana... eran días maravillosos. Te confieso que soy muy de rutinas, me encantan. Suelo levantarme muy pronto, a las seis y media más o menos; me tomo un café leyendo la prensa y revisando mis redes sociales. Tengo un contacto muy directo con mi gente virtual y me gusta saber cómo están. Luego despierto a mis hijos, casi siempre cantando o bailándoles, y les llevo al colegio. De ahí me voy al gimnasio. El deporte es vida para mí. Después voy a mi oficina, donde trabajo con muchas ganas y muy motivada junto con todos mis compañeros. Hay veces que no estoy en la oficina porque tengo que hacer alguna otra cosa solo mía, como campañas de publicidad, pero lo normal es que esté en la oficina dirigiendo las empresas. Siempre saco hueco para hacer vídeos divertidos para mi familia virtual, así llamo yo a mi gente de las redes sociales. Es algo que me hace muy bien porque se ríen y se olvidan de sus problemas. Después de trabajar voy a por mis hijos al colegio, de ahí a casa a jugar un ratito, su baño, la cena y luego los acuesto con alguna canción o leyendo un cuento. Cuando ya se han dormido, mi marido y yo disfrutamos de nuestro momento, tumbados en el sofá y viendo alguna serie.

—¿Así siempre?

—No, los fines de semana son diferentes, rompemos la rutina. Pero suelo estar un noventa y nueve por ciento con ellos, con los niños. Me cuesta mucho dejarlos para hacer otros planes. Aunque es obvio que también solemos ir con los amigos de fiesta o mi marido y yo solos para cenar, bailar, dedicarnos una noche para nosotros, aunque esto último muy de vez en cuando.

—Esta vida era la que estabas teniendo hasta estar mal, la que disfrutabas. Pero ¿y ahora?, ¿cómo son tus días?

—Horrorosos.

—¿Por qué?

—Porque la mayor parte de las cosas que te he contado que hacía, ahora también las hago, pero por inercia, porque tengo que hacerlas. Si a eso le sumo lo mal que me encuentro y todo lo que siento últimamente, el resultado es horrible. No tengo ganas de nada. El otro día di una excusa en el trabajo y me metí en la cama toda la mañana hasta la hora de ir a por los niños.

—¿Y qué pasa cuando estás con tus pequeños? ¿También te sientes mal y te cuesta encargarte de ellos o jugar?

—Nada que ver, con ellos la sonrisa me sale sola, me hacen bien, son mi salvación, así los llamo yo. Pienso que no puedo dejar que me vean mal en ningún momento porque yo soy su fuerza. Aunque en muchas ocasiones mi hija, que es más mayor, me pregunta si estoy triste, y eso me parte el alma porque soy consciente de que ella ve en mí algo que le dice que su mamá no es la de siempre. Pero le digo que estoy cansada del trabajo e intento que no sepa cómo estoy en realidad ni que le afecte.

—¿Cómo son tus pensamientos, Tamara? No me refiero solo a cosas negativas, aunque también me las puedes contar. Quiero ir más allá, ¿piensas en cosas feas, desagradables?

—Cuando duermo sí... mucho...

—No, yo me refería a cuando estás despierta. En tu día a día.

—Sí, también las pienso.

—¿Hasta qué punto?

—Son pensamientos muy feos.

—Tamara, necesito que me respondas con mucha sinceridad a esto y que no te asustes. ¿En algún momento de esta etapa, aunque fuera un solo segundo, te hubiese gustado desaparecer de este mundo? Tranquila, tómate tu tiempo para desahogarte.

—Sí...

—¿Te lo llegaste a plantear?

—Bueno...

—¿Me lo puedes contar?

—Me cuesta mucho, me siento ridícula, cobarde...

—No pasa nada, es normal. Estoy aquí para que me puedas contar cualquier cosa, te voy a entender, te voy a ayudar. Tranquila, cuéntamelo a tu ritmo, hazlo como quieras.

—¿Puedo resumirlo?

—Por supuesto.

—Uf... Ese día me levanté tras no haber dormido nada, tuve pesadillas, taquicardias, sensación de ahogo... Me tomé una pastilla para relajarme y poder llevar el día de la mejor manera. Pero no pudo ser. No me calmaba. Fue dejar a los peques en el colegio, con una gran sonrisa, como hago siempre cuando estoy con ellos, y al volver estaba de nuevo agobiada, ni siquiera pude ir al gimnasio. Esperé a que mis compañeros se fueran de la oficina y decidí irme allí a dormir. No podía permitir que me vieran en ese estado, tenía los ojos hinchados de llorar, estaba muy nerviosa. Hablé con mi marido y le pareció buena idea.

—¿Y qué pasó después?

—Una vez en la oficina escribí a Luz y estuvimos hablando, pero en un momento dado me entró tal desesperación que, sin saber por qué, la colgué. Ella no dejó de llamarme y de escribirme, pero apagué el teléfono. Me tumbé en la cama que tengo en la habitación de la oficina y conseguí relajarme un poco. Mi cabeza entró de nuevo en bucle pensando en lo que me estaba ocurriendo, sin entender nada, agobiándome, fustigándome por tenerlo todo para ser feliz: salud, dinero, a mis hijos, a mi marido, familia, trabajo, pero sin serlo, vete a saber por qué. Lo peor era mi impresión de que el malestar iba a más, de que en esa nueva YO todo se precipitaba, haciéndome cada vez más insoportable mi vida. En ese momento llegué a la conclusión de que la mejor manera de dejar de sufrir y de no hacer sufrir a mi entorno era desapareciendo.

—Tranquila, Tamara, coge aire y respira...

—Para mí la presión no era tanto mi sufrimiento, lo que estaba viviendo, mi impotencia de no saber qué pasaba, sino ver a los míos tan preocupados. Tenía pánico a hacerles sufrir. Odio hacer daño a los demás, aunque sea de manera inconsciente.

—¿Qué hiciste?

—Nada. Cuando esa idea se cruzó por la mente, miré hacia mi derecha, donde tengo un cuadro de mis hijos. Lo agarré, comencé a llorar y me vi como una mala madre, una cobarde por haber llegado a pensar, aunque fuera solo durante un instante, en irme de este mundo, en abandonarlos. Nunca me perdonaré haber dejado que un pensamiento así se me pasara por la cabeza. Ellos son mi razón de vivir.

—El pensamiento desapareció, pero... ¿volvió a aparecer?

—Jamás, desapareció y nunca más ha vuelto. Aquel momento lo tengo aún grabado en mi retina. Mientras estaba abrazada al cuadro, llorando sin parar, les dije a mis hijos mentalmente: «Irme yo es destrozaros a vosotros y os juré que jamás os haría daño».

—Sácalo todo fuera, Tamara. Tranquila, llora sin miedo y mientras escúchame. Diste el primer paso al ponerte en manos de una terapeuta, sé por ella que lo estás haciendo muy bien. Ahora has dado el segundo paso al ponerte en mis manos. Esto va a pasar, no tengas la menor duda. Tú eres una mujer por lo que veo muy fuerte. Esto es un solo bache, pero hay que tratarlo.

—Pero ¡qué narices es esto!, ¿por qué estoy así?

—Tamara, tienes un cuadro depresivo bastante claro, con un trastorno de ansiedad y a la vez ansiedad mental.

—¿Cómo?, ¡eso es imposible! Yo no tengo depresión. Me visto, salgo a trabajar, bailo, canto, hago todo lo posible por motivarme. Es cierto que llevo un tiempo un poco más baja, pero estoy saliendo, hago cosas, no me he dejado llevar por las ganas de meterme en la cama y de no levantarme.

—Claro, ¿sabes por qué? Porque tienes la capacidad y la suerte de tener mucha fuerza para levantarte, para vestirte, arreglarte y animarte. Aunque ahora estés más flojita, lo sigues haciendo, por ti misma, pero lo haces. Hay otras personas a las que por desgracia les falta esa fuerza y les cuesta un poquito más levantarse cada día. No son mejores ni tampoco peores que tú, solo tienen menos fuerza mental.

—¿Entonces...?

—Verás, Tamara, yo trato a pacientes que según salen de mi consulta se van a su trabajo. Algunos tienen que ir a dar charlas para mil quinientas personas, otros se tienen que poner un disfraz y hacer reír a niños, otros están en la cama sin poder levantarse, otros son como tú, madres, con trabajos y responsabilidad, y todos tenéis el mismo diagnóstico, lógicamente con sus matices y diferentes tratamientos, sumando más o menos cosas. Pero la base es la misma. Depresión.

DÍA 10

LOS ANTIDEPRESIVOS

¡Ay, querido diario!

Te puedes imaginar mi estado cuando me dijo que tenía depresión. ¡Me quedé en *shock*!

Quizás sea muy ignorante en estos temas, pero siempre he creído que las personas que padecen esta enfermedad mental están incrustadas en una cama, sin poder moverse porque el cuerpo se lo impide. Son incapaces de salir de casa porque la tristeza los deja sin fuerza y su aspecto está desmejorado como resultado de su desgana para arreglarse. Así, hasta abandonarse por completo.

Ahora que lo pienso, voy a estar en el grupo de esas personas que la gente mira con lástima y dice: «Está depresiva».

Estoy aún asimilando el diagnóstico, entre la sorpresa y la consternación por mi nueva situación. También empiezo a ver con otros ojos este nuevo mundo de la depresión. Nada es tal y como yo pensaba. Y se me presenta con un trasfondo que me deja alucinada, pero por la ignorancia que tenemos de estos temas y por darme cuenta de todo lo que nos queda por aprender, al menos a mí.

Cuando la psiquiatra me puso ejemplos de los diversos tipos de pacientes que hay, empecé a pensar en ello, a analizarlo todo según lo que escuché y lo que estoy viviendo. Y llegué a una teoría, quizás también errónea, no lo sé. Debe haber infinidad de personas que tienen depresión, pero por diversas circunstancias no pueden permitirse mostrarse enfermas. Por poner un ejemplo, me estoy imaginando una madre con hijos a su cargo y sin ayuda ninguna, que tiene que trabajar obligatoriamente porque su sueldo es el único ingreso que hay en casa. Los problemas que tenga o que venga arrastrando le hacen mella en su día a día y llega un momento en el que cae enferma mentalmente. Esa mujer no puede estar en la cama, tiene que levantarse sí o sí para atender a sus hijos, poner la mejor de sus caras, hacerles reír, darlos de comer, hacerles la cena, vestirse, maquillarse e ir a su trabajo con su mejor disposición para, bajo ningún concepto, perderlo. Cuando llega a casa tiene que seguir con sus obligaciones domésticas y familiares, atender a sus hijos, bañarlos, acostarlos, preparar todas las cosas para el día siguiente, y si le sobra tiempo, sentarse en el sofá un rato. Donde seguro que no llega a relajarse porque entonces aparece el bajón, las ganas de llorar, la sensación de no poder más y la triste realidad de saber que no puede parar, que tiene que continuar y levantarse al día siguiente de nuevo y seguir con todas sus obligaciones. Y eso que está enferma.

¡Qué mal, querido diario!, ¡qué feo es juzgar al resto del mundo por las apariencias! Y es lo que hacemos continuamente, atreviéndonos a sentenciar a alguien que puede estar destrozado por dentro por lo que vemos por fuera.

Nunca he sido de juzgar antes de conocer, bueno, miento. Lo fui en su día, cuando era jovencita. Ahora que lo pienso, veo con claridad la impresión tan errónea que debí dar cuando tuve que pasar por todo el tema de mi hija Shaila. Lo pasé muy mal, realmente mal, pero yo mostraba que estaba feliz. El día que lo conté, muchas personas se echaron las manos a la cabeza. ¡Ni se habían imaginado que mi vida fuera tan dura en aquella etapa!

Estoy pensando justo en este momento en la cantidad de personas que hacen lo mismo que hacía yo: no mostrar el sufrimiento, por muchas y variadas razones, ofreciendo una cara feliz que nada tenía que ver con lo que sentía por dentro. Estoy pensando también en esas frases típicas que se dejan caer cuando se sabe que alguien está deprimido: «Cómo va a estar mal esta mujer si está de fiesta», «Es imposible que este hombre esté sufriendo si está tomándose una cerveza con amigos», «De qué se queja esta chica diciendo que no tiene trabajo si está de vacaciones»... Podría estar horas poniendo más ejemplos. Pero prefiero ser constructiva y escribir algo que estoy sintiendo ahora mismo y con lo que me quedo para seguir adelante. Lo que estoy aprendiendo de todo esto. Aunque sea una frase típica, la procesión va por dentro.

Te sigo contando mi charla con la psiquiatra, querido diario.

Cuando me informó de cuál sería mi tratamiento, reconozco que me asusté un poco. La sensación fue una mezcla de respeto por lo que implicaba una medicación para un trastorno que desconocía, y también cierta alerta por los prejuicios que hay con este tema. Mucha gente cree que ir al psiquiatra y que te mediquen es que estás loco, aunque yo nunca he pensado que fuera así.

Continuó dándome información y detalles y reconozco que a medida que hablaba con ella, me iba sintiendo mejor.

Porque sabía que estaba haciendo las cosas bien en esta nueva etapa.

Había dado el paso, estaba en manos profesionales y ahora ya tenía un nombre para mi problema, ya sabía qué era lo que provocaba en mí tanto nerviosismo, impotencia, incertidumbre, malestar y tristeza. Y veía un rayito de la luz que iba a poner fin a esta horrible pesadilla.

—Tamara, ahora vamos a empezar con medicación.

—¿Para qué sirve?

—Te cuento: hay distintos tratamientos para cada paciente, unos necesitan unas cosas y otros, otras. Tú principalmente necesitas dormir y descansar porque sufres estrés excesivo. Si el sueño no es bueno y reparador, el resto empeora, todo lo malo se acentúa: sensaciones negativas, malos pensamientos, pesadillas, temblores...

—Pero, doctora, yo no voy a volver a pensar en aquello tan feo y cobarde que pensé ese día, ¡jamás!, de verdad.

—No solo me refiero a eso, Tamara. Hablaba en general. Mira, te pongo un ejemplo. Si un día te acuestas muy cansada porque has tenido una jornada de trabajo agotadora, y a su vez esa noche los niños no te han dejado relajarte y no has llegado a dormir ni cuatro horas seguidas, ¿no crees que te levantarás el doble de cansada?

—Sin duda.

—¿Y no crees que tu carácter empeorará, y que todo te irritará y soportarás menos cosas ese día?

—Sí.

—Pues a eso voy. El principal objetivo en tu caso es que descanses y que las horas de sueño, aunque sean pocas, sean de calidad.

—Ya, pero yo tengo dos hijos a los que atender por las noches y eso es imprevisible.

—Correcto, por eso te he dicho que, aunque duermas poco, ese sueño debe ser muy reparador. Tenemos que conseguir que no te despiertes sobresaltada ni que tengas tantas pesadillas ni taquicardias, ni que tengas que levantarte a darte una ducha nocturna para tranquilizarte.

—Ah, vale, vale, entiendo. Perdona que pregunte tanto, pero es que no sé nada de estos temas, y tanta ignorancia también me inquieta.

—Es lo normal y, además, lo que debes hacer es preguntar todo lo que te inquiete o sobre lo que tengas dudas.

—Gracias.

—Bien, te voy a hablar ahora de cuál será tu tratamiento completo. Todos los días tomarás unos antidepresivos, te pautaré una dosis e irás subiendo la misma poco a poco. Igualmente, cuando los tengas que eliminar, lo harás también de forma controlada y pautada.

—¿Y cuándo los voy a eliminar?

—Ja, ja, ja, primero vas a empezar a tomarlos y después ya veremos cuándo se quitan. Tamara, este proceso, el tuyo en concreto, es lento, pero tranquila, que tendrá su fin.

—Ok.

—Para que me entiendas y por no abusar de un vocabulario muy técnico, quiero que sepas que con estas pastillas vas a intentar animarte. Se trata de que consigas alcanzar ese estado de ánimo de hace tiempo, que vuelvas a estar alegre, motivada. Claro que será un falso estado de ánimo provocado por la medicación y tú tendrás que poner mucho de tu parte. Por otro lado, quiero recalcar que es imprescindible no dejar la terapia. Debes hacer todo lo posible por sacar esa parte de ti tan positiva que te caracteriza porque, aunque no lo creas, no la has perdido.

—Vale.

—Cada semana iré subiendo la dosis, siempre que lo crea conveniente, yo te lo voy a dar todo anotado. Espero que podamos conseguir resultados y que estés mejor al mes o mes y medio.

—¿Tanto?

—Sí, los efectos de esta medicación tardan en llegar, sin embargo, los efectos secundarios los vas a notar desde el mismo momento en que empieces a tomar las pastillas.

—¿Efectos secundarios? Madre mía...

—No te agobies, te explico. Este antidepresivo es de los más efectivos que hay, según mi criterio. Puede que notes el estómago revuelto, que tengas náuseas, mareos y pérdida de apetito...

—Joder, ¿poca cosa? ¡Qué barbaridad!

—Ja, ja, ja, eres graciosa, mírate, has sonreído.

—Como para no hacerlo, me estás diciendo que me vas a mandar una medicación para mejorar, pero que al principio voy a estar hecha una mierda. Y si antes me levantaba de la cama con depresión, ahora me va a tumbar la medicación, no si....

—Ja, ja, ja, que no, Tamara. Te estoy explicando los efectos secundarios normales y frecuentes, pero eso no quiere decir que los vayas a tener ni que los tengas todos ni que sean intensos. Eso lo iremos controlando y si vemos que te afecta mucho, entonces cambiamos la medicación.

—Vale.

—Te tomarás también otra pastilla por la mañana que calmará el excesivo nerviosismo que te dará al principio el antidepresivo.

—¿En serio?, ¿más nerviosa de lo que estoy?

—Sí, por eso te receto esta pastilla, para contrarrestar ese efecto. Por la tarde te tomarás otra para controlar el trastorno de ansiedad y por la noche dos más para dormir plácidamente.

—Una cosa, doctora, y esto es muy importante para mí. Yo no puedo quedarme profundamente dormida. Ya te he contado que tengo a mis hijos, que son pequeños, y ellos van por delante de todo. No me pueden llamar y que yo esté atontada y no pueda atenderlos.

—Comprendo; mira, normalmente no debería suceder esto, pero para que te quedes más tranquila, vamos a hacer una cosa. Por la noche te tomas solo una de las dos pastillas y ya me irás diciendo cómo duermes, ¿ok?, así valoramos.

—Eso me tranquiliza, sí.

—Estupendo.

—Nosotras vamos a estar hablando constantemente, pero en quince días sí que haremos una revisión de la medicación, ¿ok? Espero que me vayas diciendo cualquier cosa extraña que notes, cualquier síntoma...

—Vale, vale, estupendo.

—Venga, Tamara, vamos a por ello. ¡Ah!, y otra cosa muy importante es que no debes dejar de tomar la medicación en ningún momento, no es bueno e incluso puede ser peligroso.

—Tranquila, doctora, estoy aquí para curarme, no para hacer tonterías.

—Lo sé, pero mi obligación es decírtelo. Y otra cosa más. Ahora sé que estás desconectada en el campo, pero no es aconsejable que hagas ninguna aparición pública en la que tengas que hablar delante de gente, ya que te puedes trabar o no sentirte bien. Esta recomendación es tan solo para unos días, hasta ver cómo reacciona la medicación en tu cuerpo.

—Entiendo. Muchas gracias por todo, de verdad.

—No, gracias a ti.

—Un beso.

—Otro, hasta pronto.

Según colgué a la doctora, vi que tenía un mensaje de Luz pidiéndome que, por favor, la llamase para contarle qué tal me había ido.

Fue lo primero que hice.

Mi terapeuta me da mucha tranquilidad.

—Hola, Luz, ya he terminado.

—¿Y qué tal ha ido?

—Bueno, me quedé un poco en *shock* al saber mi diagnóstico.

—Lo sabía...

—¿Cómo que lo sabías?, ¿que tú sabías lo que me pasaba?

—Claro, mujer, por eso te derivé a la psiquiatra, yo no puedo recetar medicación, pero esa ayuda ahora es importante para continuar nosotras con nuestro trabajo. Es como si estuvieras haciendo rehabilitación en una pierna: los ejercicios son fundamentales, pero a veces un analgésico es necesario para soportar el dolor mientras tanto.

—Ya...

—¿Qué piensas?

—No sé... es que no entiendo cómo he llegado a este punto.

—Sí, sí lo sabes, Tamara. Tú y solo tú estás, a medida que pasa el tiempo, confirmando y dando respuesta a muchas cosas.

—Pero, joder, es que lo tengo todo para ser feliz.

—Nadie dice lo contrario, pero hay una parte de tus emociones que reaccionan al presente como lo hacían en el pasado, y tenemos que conseguir que logren estar contigo de manera saludable. Sin contar con el ritmo agotador de tu día a día.

—Tienes razón, jolín, qué haría sin ti.

—Pues lo mismo que conmigo, buscarías un profesional que te ayudara a salir de esta, aquí el mérito no es de nadie más que tuyo. Solo tú te has ido dando cuenta de que tenías un problema y le estás poniendo solución. ¿Qué te apetece hacer ahora?

—¿La verdad?

—Siempre.

—Desconectar un día o dos de todo.

—¿De mí también?

—No te lo tomes a mal, pero sí, necesito estar conmigo misma, pensar, pasear con el perro...

—Me parece estupendo y así lo vamos a hacer, pero con una condición.

—¿Cuál?

—No te martirices con que no estás con tus hijos, que te conozco. Tus hijos están en muy buenas manos y estás haciendo algo maravilloso por ellos.

—¿Ah, sí? Pues dime el qué, porque no lo sé.

—Protegerlos, cuidarte tú para entregarles lo mejor de ti. Y luchar por ti para cuidarlos. Venga, por esta vez, dejamos de hacer terapia dos días y haz aquello que desees y te plazca, ¿ok?

—Vale, muchas gracias.

—Eso sí, coge a tu perrito y date un largo paseo a la farmacia a por la medicación y empiezas ya hoy.

—Hecho.

—Ya sabes, Tamara, para lo que necesites aquí estoy.

—Gracias, Luz, gracias de corazón.

—Un beso.

Querido diario, de ti no quiero desconectar, necesito ir contándote qué siento en estos dos días. Voy a vestirme, cojo al perro y me voy a por mi medicación.

Mañana hablamos.

DÍA 11

EFECTOS SECUNDARIOS

Buenos días, querido diario:

Creo que es la primera vez que duermo bien en mucho tiempo, tan bien que no me he levantado hasta las ocho de la mañana, y porque el perro me despertó con sus lloriqueos y tocándome con la pata porque quería hacer pis.

Me he preparado un café muy calentito y he salido a tomármelo al porche para disfrutar de un bienestar que echaba de menos. Al apoyar la taza me he fijado en un detalle de la mesa, uno de tantos en este lugar tan especial: unas minibaldosas de colores azules y blancos con adornos en marrón. Las patas son de hierro oxidado y la silla es del mismo estilo, pero con unos cojines naranjas que le dan un toque de color.

He cogido la manta porque hacía frío, me la he echado por encima y me he descalzado. Me he quedado solo con los calcetines que cubrían el pijama. Y me he puesto mi música favorita, unas melodías de piano y violín.

Después he hecho lo que más deseaba desde que me he despertado: la videollamada a mis hijos para desearles un bonito día de cole. Siento tanto dolor al verlos a través de la pantalla.

Siento que les estoy mintiendo.

Les dije que me iba a trabajar unos días fuera, pero sospecho que no se lo creen del todo, porque ellos saben que mamá, cuando va a trabajar a la oficina o a cualquier otro sitio, siempre va arreglada y maquillada, sonríe y está muy activa, feliz, alegre. Ahora estoy segura de que se dan cuenta de que algo me pasa. Sobre todo mi niña, que como es más mayor y consciente, cuando me ve lo único que me pregunta es si estoy enfadada.

A pesar de que le respondo que no, me sorprende mucho que me haga esa pregunta. Que mi hija llegue a plantearse cosas así quiere decir que me ve distinta, no como soy yo habitualmente. Pero un poco de razón lleva, porque yo tampoco me reconozco.

Quizás mi rostro está más serio, no lo sé. O sí lo sé, la cara es el espejo del alma y la tormenta que tengo dentro algo debe notarse por fuera.

Tampoco dejan de preguntarme sobre cuándo vuelvo a casa.

Me siento una mala madre.

Pero como dice mi terapeuta, lo que estoy haciendo es por mí, pero sobre todo es por ellos. Sé que con mi madre y Ezequiel están bien, pero también sé que me necesitan. Porque siempre me lo dicen, me lo demuestran y porque tengo claro que es así.

Después de hablar con los niños, me he quedado más de una hora escuchando música y mirando cómo Nosso corría feliz, contemplando cómo movían los árboles sus hojas por un viento que ha servido para inspirarme. He cogido aire, pero no profundamente, porque eso es algo que aún no puedo hacer. La sensación de que me falta el aire sigue estando dentro de mí.

Todo a mi alrededor era hermoso. El campo, el cielo, los colores, los pajarillos piando. Nunca antes había reparado en estos mínimos detalles y, entonces, he comenzado a llorar.

No sé por qué tengo constantemente tantas ganas de llorar ni por qué mis lágrimas brotan cuando menos me lo espero.

De repente he escuchado un ruido, como de alguien que bajaba las escaleras, y rápidamente he hecho lo que tantas veces durante toda mi vida: secarme las lágrimas y aparentar que todo está bien. Y entonces ha sucedido algo. Hice una cosa que no había hecho nunca.

Cuando Iker, recién levantado, ha salido al porche, me ha dado los buenos días.

—¿Cómo estás?

—Mal, estoy mal —le he respondido de forma diferente.

—¡No me digas!, ¿por qué? ¿Qué ocurre?

—Nada, no ha pasado nada.

—Entonces, ¿por qué dices que estás mal?

—Porque a partir de ahora quiero decir la verdad. Llevo estando mal desde hace mucho tiempo, pero he estado diciendo que estaba bien por no preocupar a nadie. Y eso se acabó. Si estoy mal, estoy mal, y lo voy a contar.

—Me alegro de que por fin lo hagas.

—Y si voy a decir la verdad a partir de ahora no va a ser con la intención de preocupar a nadie, sino para soltar una piedra de mi mochila. Una piedra que pesa mucho porque llevo años haciendo que mi felicidad solo dependa de la felicidad de otros.

—Tamara, siempre te lo he dicho. Vives para los demás y si ellos son felices, tú también, pero te olvidas de ti, mejor dicho, nunca te has preocupado por ti.

—Ahora lo sé. Perdona porque vuelva a llorar, me apetece.

—¿Y por qué pides perdón?, ¿te lo pido yo a ti cuando lloro contigo por un tema personal? No. Porque eres mi amiga, mi hermana, y sé que estás a mi lado para eso y para mucho más. Pues a la inversa también lo estamos para ti.

—Gracias, cariño. Venga, que viene Mariana y no quiero que me vea así.

—¿Ves?, vuelves a lo mismo, que no me vean, que no sufran, que no se preocupen...

—Bueno, poco a poco. Hoy lo vi claro contigo, y te respondí con la verdad más absoluta, sin enmascarar. Para mí eso ya es un logro.

—Cierto, cariño.

Decir que estaba mal ha sido para mí algo que jamás creí que haría, querido diario. Y no sé por qué fue justo por la mañana, pero lo hice y dentro de mi cabeza desde ese momento algo cambió.

Algo que deseaba que cambiara desde hacía mucho tiempo.

Además, me ha apetecido decírselo a toda mi gente. Te sigo contando.

Por la tarde he entrado al salón de la casa, me he tumbado en el sofá, le he pedido a Nosso que se subiera, he agarrado mi manta favorita —siempre la llevo conmigo—, he cogido el móvil y he hecho algo que sé que no está bien, pero en lo que todos caemos siempre: buscar en Google. Escribí «síntomas de la depresión» y leí: estado de ánimo bajo, dificultad para conciliar o exceso de sueño, aumento o pérdida de peso, cansancio, odio hacia uno mismo y culpa, sentimientos de desesperanza o abandono... Estas eran algunas de las cosas que decía. ¡Vaya! Quizás la psiquiatra no estuviese tan equivocada. En realidad no dudo de ella, porque es una profesional que se dedica a esto, pero yo seguía con mis recelos, porque como le dije, siempre creí que una persona depresiva no salía nunca de la cama, aunque bien claro me dejó que no es así.

Mi segunda búsqueda han sido los efectos secundarios de los antidepresivos. He leído en varios lugares que en la mayoría de los casos aparecen náuseas, mareos y pérdida de apetito. Además de mucho nerviosismo al principio del tratamiento. Menos mal que también dice que los efectos son moderados y de corta duración.

¡Claro! Ahora entiendo a la doctora, ella me dio la otra medicación para calmar el nerviosismo que este antidepresivo me iba a provocar al principio.

He seguido buscando qué produce este tratamiento. Lo que hace es aumentar el flujo de serotonina, lo que contribuye a que me mantenga estable anímicamente.

Necesitaba saber más. Quería saber cuánto tardaba en hacer efecto. Y he encontrado que de tres a cuatro semanas en la mayoría de los casos. ¡Cuánto tiempo hasta que funcione! Pero, bueno, tengo fe, mucha fe en que yo sea una de esas personas en las que la medicación actúe rápidamente.

Pero aún me quedaba algo por ver. La psiquiatra me dijo que no solo tenía depresión, también un trastorno de ansiedad y ansiedad mental. Necesitaba mirarlo bien. Todas las páginas coincidían que muchos de los trastornos de la ansiedad derivan en una depresión. Vamos, que van de la mano. Y que las personas que lo padecen sienten temores, muchas preocupaciones y hasta pánico, lo que interfiere en su día a día.

Madre mía del amor hermoso, esto es surrealista. No dejo de preguntarme cómo he llegado yo a este punto sin darme cuenta. Aunque ahora entiendo muchas cosas, todo lo que venía notando y sintiendo desde hace mucho es porque el cuerpo ya me empezaba a avisar.

Hasta aquí hemos llegado, Tamara, me he dicho.

Me he levantado, me he ido a la habitación, he cerrado la puerta y le he escrito a Luz:

Hola, sé que te dije que quería estar dos días desconectada, pero necesito hablar contigo, he tomado una decisión: esto se acaba aquí. ¿Puedes hablar un minuto, por favor?

Hola, Tamara, ¿cómo que esto se acaba aquí? Ya mismo te llamo.

Cuando ha sonado el teléfono he sido incapaz de cogerlo, me faltaba el aire y no dejaba de llorar. Luz ha insistido y a la segunda llamada he descolgado.

—Tamara, Tamara, ¿estás ahí?, ¿qué pasa?, háblame, por favor...

—Perdona, no puedo casi ni articular palabra...

—Tranquila, coge aire.

—No lo tengo... necesito salir fuera, ¿te puedo llamar desde allí?

—No, no me cuelgues, ve tranquila que yo te espero.

—Ok.

Mientras bajaba las escaleras, intentaba coger el aire que me faltaba. He salido por la puerta de la cocina para no atravesar el salón y que Iker y Mariana me viesen.

Ya en el jardín me he sentado en una piedra y he podido hablar.

—Luz, se acabó. Hasta aquí he llegado.

Querido diario, luego te sigo contando, que voy a cenar.

DÍA 12

NECESITO CONTARLO

Querido diario:

He subido el postre a mi habitación para estar sola porque necesito contarte cómo fue el resto de mi conversación con Luz. Iker y Mariana están viendo una peli y si estoy delante de ellos y me entran ganas de llorar, es más que probable que reprima las lágrimas.

Aunque soy consciente del camino recorrido y de los pasos que voy dando, mis avances son lentos, voy poco a poco. Y algunos, que van en mi contra, los dirige la inercia de los hábitos adquiridos desde hace mucho tiempo.

En mi habitación estoy sola y tranquila, y puedo hacer aquello que me apetezca y necesite.

Y si quiero llorar, lloro.

Bueno, termino de contarte. Cuando le dije a Luz con total seguridad, que se acabó y que hasta aquí había llegado, noté en su tono de voz toques de angustia y de preocupación importantes. Creo que debí inquietarla y mucho.

—Tamara, ¿qué pasa?

—No puedo más, Luz. Hasta aquí he llegado.

—Pero ¿en qué sentido?

—En todos.

—No me asustes, por favor, especifica. Vamos a empezar por el principio.

—No quiero una sesión hoy, Luz.

—Ni la vamos a tener, tú me has llamado para decirme que hasta aquí habías llegado y creo que lo más normal es que hablemos y que me expliques qué te está pasando, que cuentes si ha sucedido algo.

—Sí, así es, perdona, quizás no me he explicado bien o he sido tan tajante que te he resultado seca o negativa, pero todo se debe a la euforia que siento por la decisión que he tomado.

—Vale, cuéntame todo desde el principio. Precisamente con respecto a eso, ¿qué sientes ahora mismo?, ¿euforia y qué más?

—Rabia, impotencia, cobardía, enfado...

—Ok, vamos a darle sentido a esas sensaciones. ¿Rabia, por qué?

—No sé, como una especie de resentimiento, como si una quemazón dentro de mi cuerpo me enervara.

—Pero ¿qué lo ha provocado?

—La decisión que he tomado.

—Ok, no me la digas todavía, sigamos hablando un poco más de las emociones que estás notando. Impotencia, por qué.

—Porque quiero hacer una cosa y estoy haciendo otra.

—Cobardía, por qué.

—Porque siento que no me atrevo a hacer eso que quiero.

—Enfado, por qué.

—Porque todo lo demás provoca que me enoje, esta no soy yo.

—¿Y quién eres?

—No lo sé, joder...

—Tranquila, Tamara; mira, ahora mismo lo que estás sintiendo y contándome es lo que te ha llevado a estar como estás, sobre todo enfadada. Pero quiero hacerte algunas observaciones para que las tengas en cuenta. Estás en terapia precisamente para aclarar quién eres. Tú eres tú desde siempre, pero has ido adoptando conductas, hábitos y reacciones que te permitieron adaptarte mejor a las posibilidades que tenías cuando eras pequeña y que, a la vez, te han alejado de tu verdadera personalidad. Ahora estamos descubriendo todos esos aspectos y separándolos, como si fueran las capas de una cebolla, hasta llegar a ti. A veces es un poco confuso porque están tan instalados que no puedes saber si son genuinamente tuyos o no. Pero lo estás descubriendo poco a poco. ¿Entiendes?

—Sí...

—Bien. Dicho esto, ahora quiero saber cuál es esa decisión que has tomado. ¿Hasta aquí el qué?, ¿no puedes más con qué?

—Con esta situación.

—¿Y qué pretendes hacer?

—Solucionarlo.

—¿De qué manera? Porque te recuerdo que ya estás en proceso de solucionarlo. Primer paso: cuando te diste cuenta de que tenías un problema. Segundo paso: cuando pediste ayuda. Tercer paso: lo estás dando durante tu proceso de curación.

—No, no estoy de acuerdo. Bueno, sí, lo que has dicho sí, pero falta un cuarto paso que quiero dar.

—¿Cuál?

—Que voy a salir de todo esto por MIS GANAS.

—¿Qué ganas? ¿Te parecen pocas el estar trabajando para curarte?

—No, para nada me parecen pocas, pero me faltan otro tipo de ganas.

—¿Cuáles?

—Luz, llevo mucho tiempo, casi dos años, sufriendo en silencio, viviendo episodios horrorosos, hasta que me he dado cuenta de que necesitaba ayuda. Después de empezar contigo he ido a peor, en el sentido de que he removido muchas cosas dentro de mí y he entendido cuánto daño llevo soportado a lo largo de mi vida. Ahí he ido cayendo más y más, y todo esto sumado a los problemas que a diario se juntan.

—En efecto, se va juntando el pasado y el presente y la bola se va haciendo más grande. Muchas veces es ese presente el que nos lleva a terapia.

—Sí, por supuesto, lo sé. Sea como sea, los temas del pasado que estamos tocando y los problemas del día a día están haciendo que cada vez esté peor. Joder, ¡se me pasó por la cabeza quitarme la vida! sin llegar a hacerlo o intentarlo, pero lo pensé, madre mía... Y ahora estoy en tratamiento psiquiátrico. Esto no puede ser, no lo puedo consentir, por tanto, se acabó.

—Espera, espera un momento, déjame puntualizar antes de que avances que, por cierto, me encanta cómo lo estás haciendo. Que estés en tratamiento psiquiátrico y con un terapeuta no es nada malo, sino todo lo contrario, es de ser muy inteligente.

—Sí, claro que sí, yo no lo digo en el sentido de que me parezca una locura. Lo digo porque es muy fuerte que esté en este punto. Haber llegado hasta aquí sin haberme dado cuenta de la gravedad de la situación.

—Te entiendo. En realidad, si lo miras con perspectiva, es muy duro lo que estás viviendo y cómo has tenido que sentirte para plantearte algo tan extremo. No quiero que sientas culpa por ello, la culpa solo añade angustia y, además, de hecho, lo descartaste rápidamente y lo trabajamos de inmediato.

—Desde luego, pero se me pasó por la cabeza. Por eso, Luz, cuando he reflexionado sobre aquello, más otras cosas, y otras y otras, y tras meditarlo todo muy bien, mi conclusión es que esa no soy yo. Esto se acabó.

—Vale, volvamos a ese punto y de qué manera dices que se acaba, ¿qué decisión has tomado?

—La de curarme por mis propias ganas de hacerlo. Las tengo dentro y las voy a convertir en fuerza y en una realidad. Que sí, que ya sé que estoy en ello y que he dado los pasos que debía dar, pero queda el más importante, impulsarme.

—Y eso, ¿cómo pretendes hacerlo?

—Como he hecho toda mi vida, saliendo de todo lo que haya entorpecido mi camino en cada circunstancia. Como se suele decir, aunque la verdad es que odio esa expresión, cogiendo al toro por los cuernos.

—¿Qué pasos vas a dar?

—Pues mira, el primero que tengo muy claro y voy a hacer desde YA es que se acabó el estar en la cama metida, el no ver la luz del día, el estar llorando siempre...

—Me resulta peligroso que plantees no darte permiso para sentir lo que necesites sentir en cada momento y te obligues a estar bien, es justo lo contrario a lo que necesitas, que es que no disfraces las penas, para que salgan, para que pasen y para que den lugar a nuevas emociones más positivas.

—Sí, lo sé, pero te aclaro. Yo, esos bajones, me los voy a permitir cuando me lleguen, por supuesto. Es decir, si un día me levanto con ganas de llorar, lo haré; si quiero estar en la cama a oscuras como he estado todo este tiempo, lo haré. Pero no todos los días. Lo que quiero decirte es que voy a permitirme caer en algún momento, pero no a diario. Estoy aprendiendo mucho, Luz.

—Bien, ¿qué más?

—Quiero y necesito hablar con mi familia, con mis amigos y con mi familia virtual.

—Espera, a tu familia y amigos ya les contaste que estabas mal.

—Sí, pero de una manera superficial. Ellos no saben la gravedad de mi problema, evidentemente les voy a ocultar ciertas cosas, porque les haría mucho daño y no quiero. Pero sí deseo que sepan el alcance de mi problema de salud y, sobre todo, que sepan que esa Tamara que conocen se ha caído. La chica dura, positiva, luchadora, incansable y fuerte ha tocado fondo. La Tamara que ellos ven bien a diario lleva mucho tiempo callada, sufriendo en silencio y dando una imagen que no era solo para evitarles el sufrimiento o que se preocuparan.

—Entiendo que vas a ser más honesta con ellos entonces. Y a tu familia virtual, ¿por qué?

—Por lo mismo, tú sabes lo que ella significa para mí. Es cierto que no los conozco personalmente ni conocemos nuestras vidas en profundidad, pero aunque no lo creas, nos tenemos un cariño real. Ya te dije que ellos algo se huelen, porque me conocen muy bien. A través de la pantalla me decían: «Te veo la mirada triste», «No estás igual», «Algo pasa », y por el mismo motivo no les contaba nada por no preocuparlos. Además, si yo le cuento cualquier cosa a mi familia virtual automáticamente lo sabrá el país entero. Y no lo digo por hacerme la importante, porque no lo soy, pero por lógica esas cosas se comparten, la prensa se hace eco y en las redes sociales todo se magnifica y cobra mucha relevancia cuando una noticia se hace viral.

—¿Y para eso estás preparada? Veo que eres consciente de que al contárselo a tu entorno sabes que ahí se quedará, y que, sin embargo, en tus redes y con tu familia virtual, no. ¿Estás preparada para la repercusión social? Te recuerdo que aún no hemos trabajado en ello, que ni siquiera hemos tocado el enfoque para coger fuerza y para asumir lo que pueda venir cuando se conozca en las redes tu estado.

—Me da igual lo que venga, ¿te refieres a críticas o ataques?

—Sí. También a la presión de tener que estar dando siempre explicaciones de tu vida privada.

—Te lo repito, me da exactamente igual. Yo quiero contarlo a esas personas que considero que me quieren y están a mi lado en lo bueno y en lo malo sin conocerme.

—Tienes que considerar lo que la presión y el que trascienda puede influir en tu estado de ánimo y tu ansiedad.

—No me va a producir estrés, créeme. Mi percepción es que les voy a hablar con el corazón en la mano, abriéndome en canal, diciéndoles la verdad, que tengo un problema de salud mental. No voy a entrar en detalles porque para eso tendría que hacer un vídeo de nueve horas. En él me tocaría explicarles por qué he llegado hasta aquí, y sería algo largo, extenso... y para algo así no estoy preparada. Pero ¿sabes qué te digo?

—Dime.

—Yo soy una persona normal, como cualquier otra, con sus subidas y bajadas, y ahora estoy en un momento muy malo de mi vida. ¿Por qué no contarlo? Dibujamos un mundo perfecto en las redes sociales cuando todo es mentira, y eso que siempre me muestro tal y como soy, guste o no. Yo, cuando pasé lo de mi hija Shaila, disfracé una realidad, pintaba una vida maravillosa cuando no era así, era mentira. Entonces estuve mal, no como ahora, pero sí bastante, pasando un proceso muy duro. Cuando por fin dije la verdad y me sinceré de cómo me había sentido en aquella época, me sentí liberada y me prometí a mí misma que nunca más fingiría. Soy como soy, con más defectos que virtudes, y a quien no le guste que se dé la vuelta y se vaya. Con el tema de mi hijo Antonio oculté que iba a Estados Unidos para hacer la transferencia de embriones, aunque no creo que eso fuera mentir. Lo oculté para evitar las preguntas y la presión, pero a los cuatro días de saber que estaba embarazada lo dije. No esperé ni a un mes.

—Y ahora ¿qué quieres hacer?

—Ahora voy a hacer lo que me he prometido, decir la verdad, o, mejor dicho, mostrar la realidad. Aunque hasta ahora no he mentido, ya lo sabes, cuando no he estado bien lo he dicho y cuando no he querido publicar también. Te digo otra cosa, si lo que yo cuente ayuda a romper con algunos tabúes, pues mejor. Ya está bien de no poder decir alto y claro que uno tiene una enfermedad mental, que está en manos de un terapeuta y de un psiquiatra, y, además, en casos como el mío, que estoy medicada. Basta de tener miedo a contar las cosas como son, vivimos en un mundo hipócrita en el que parece que si la perfección no existe, eres raro. Y es todo lo contrario, el perfecto no existe, si alguien se cree que lo es, ese o esa sí que son raros.

—Tamara...

—¿Qué pasa?

—Me hace mucha ilusión verte con ese empuje, esa motivación y esas ganas.

—Qué a gusto me he quedado. Ja, ja, ja.

—Ni que lo digas. Estoy muy contenta de escucharte hoy. Parece que la medicación te ha hecho efecto de golpe, ja, ja, ja. Es broma. Tu autoanálisis y tu energía son un motor gigantesco en tu tratamiento. Una cosa...

—Dime.

—¿A ti qué te hace bien en tu día a día?

—Ya lo sabes.

—Sí, pero dímelo en pocas palabras.

—Estar con mi familia, hacer el bien a los míos, ayudar a los demás, trabajar y hacer contenido para mis redes sociales porque sé que les viene muy bien. Yo me entretengo y disfruto.

—Ok, pues, después de lo que me has dicho, de lo que me has contado y de lo decidida que te veo, creo que es el momento de dar el paso.

—Genial.

—Espera, esto antes tienes que hablarlo con la psiquiatra, ¿vale?

—Ya lo he hecho, me adelanté y le hice una llamada rápida.

—¿Qué te dijo?

—Me dijo que adelante y que tengo que ir retomando mi vida poco a poco, aunque al mismo tiempo me ha dicho que no me expusiera en público hasta no ver cómo aceptaba mi cuerpo la medicación, sobre todo con algunas de las pastillas, por si hubiera que cambiar de tratamiento. Ah, y también ha incidido en algo muy importante: que no dejara el deporte porque me hace mucho bien, al igual que el trabajo, porque es algo que me da tranquilidad, me realiza y me suma más que me resta, sin lugar a dudas. ¡Y que tenga en cuenta que voy a tener estas subidas, pero también bajadas!

—Exacto, con esto último es con lo que me quedo. Ahora estás arriba de la montaña rusa, como lo llamas tú, pero mañana puedes estar abajo.

—Lo sé, pero me sentiré libre y lo diré sin ningún miedo.

—Por cierto, ¿qué tal la medicación?

—La verdad es que no muy mal, el estómago me lo revuelve algo, tampoco mucho, lo bueno es que no me han dado mareos y he tenido solo un poco de estreñimiento. Lo peor es que tengo bastante dolor de cabeza y que estoy perdiendo apetito.

—¿Se lo has comentado a la psiquiatra?

—Sí, claro, me dice que está dentro de lo normal, además llevo muy poco tiempo con la medicación. Aparte de los antidepresivos tomo otras pastillas para relajarme y por la noche otras para dormir. Está todo controlado.

—Poco a poco. Tu psiquiatra los irá ajustando en función de tus necesidades y de cómo reaccione tu cuerpo. Ya verás cómo las cosas irán mejor cada vez.

—Ojalá.

—Paciencia, ya sabes que es un camino lento, largo y duro, pero pasará. Y más con esta actitud que tienes hoy. ¿Sabes una cosa?

—¿Qué?

—Tú siempre has sido positiva, y sin darte cuenta has ido forjando ese valor. A lo largo de tu vida has sobrevivido agarrada a tu positividad y ahora te sucede algo parecido. Por muy mal que lo estés pasando, tu parte positiva emerge de dentro para controlar la situación y mejorarla. ¡Qué maravilla, Tamara! Ya sabes que te considero una fuerza de la naturaleza. Pero también te digo que debes darte permiso para bajar, para caer si es necesario. Tienes que verlo como una forma de avanzar, no como un fracaso.

—Gracias, Luz, muchas gracias.

—Vayamos ahora a otra cosa, a organizar lo que toca, lo siguiente. Creo que las cosas hay que hacerlas paso a paso y bien, sin olvidarnos de tu estado de ánimo actual.

—Ok, ¿qué propones?

—Lo primero, evidentemente, es que hables con los tuyos, tu familia, tu marido, tu madre, tus abuelos, tus tíos... Después habla con tus amigos y, finalmente, ahora que estás sola, lejos de la ciudad, con Iker y Mariana ahí, se lo cuentas a tu familia virtual. De la manera que quieras y como te nazca.

—Sí, me parece estupendo, así lo haré.

—Respecto al trabajo, te digo lo mismo que la psiquiatra, vuelve, pero, por favor, poco a poco. Tú eres de abarcar mucho, Tamara. Tienes demasiados frentes siempre abiertos, aparte del trabajo, de los niños, la casa, la familia... Has de tener cuidado con esos escenarios porque entrar de nuevo en todos ellos, de repente, de golpe, puede ser demasiado. Además, cuidando mucho de diferenciar la relación real de la virtual. Es imprescindible que comprendas que el tipo de relación, la energía mental y emocional que pones en ella, no tiene nada que ver con las personas que conoces. Lo virtual se idealiza por un lado y por el otro.

—Sí, sí, de veras, lo voy a hacer todo con cabeza. Confía en mí.

—Repítete a ti misma lo último que me has dicho. Confío en mí. Esa es la clave y la guía. Confía en ti, respeta tus ritmos, quiérete y adelante.

—Te lo prometo. Gracias, Luz, no sé qué haría sin ti.

—Lo mismo, cariño, salir adelante.

—No, tú eres mi bastón.

—Gracias. Seguimos hablando y me vas contando.

—Ok, un besito.

Jolín, me estoy quedando dormida, ya veo casi doble, ja, ja, ja. Mañana te cuento más, querido diario, aunque tengo claro lo primero que voy a hacer: llamar a mi marido y contarle la realidad.

Buenas noches.

DÍA 13

QUIERO SENTIRME LIBRE

Querido diario:

Hoy me he levantado descansada y con energía. Hacía mucho tiempo que no dormía así, debe ser porque no tengo «obligaciones». Quiero decir que al estar sin los niños me puedo relajar más y dormir mejor, ya que no he de estar pendiente de ellos ni hay nada que perturbe mi sueño. Bueno, miento, Nosso sí que me despierta de vez en cuando cada vez que se sube a la cama porque quiere estar a mi lado. ¡Hay que ver cómo estos animales detectan que algo no va bien! ¡Quiero tanto a este perro! Llegó en un momento de mi vida muy complicado y me aferré a él con todas mis ganas, ya lo sabes.

Creo que estoy empezando a notar los efectos de la medicación porque anoto cada cambio físico o psicológico.

Respecto a los antidepresivos, estoy experimentando ciertos efectos secundarios. A ratos me encuentro un poco revuelta, aunque mareos y náuseas por el momento no he tenido, salvo una vez, y no le di importancia, quizás porque tengo la cabeza ocupada en otras cosas más importantes. Lo que sí noto y mucho es el nerviosismo y las taquicardias. Para contrarrestar los síntomas, me tomo la otra medicación que me recetó la psiquiatra y al momento se me pasa. Son unas pastillas que me dejan tranquila, aunque más agotada también. Por decirlo de forma muy gráfica, me siento muy tirada.

Estando aquí, puedo tomarme toda la medicación sin estar pendiente de nada más, porque mi única preocupación soy yo. Pero cuando esté en casa con los peques, ¡ni de broma voy a poder tomarme tantas pastillas, y menos las que me tocan por la noche! No quiero ni pensar en que los niños me llamen y que yo no me despierte.

En la próxima cita con la psiquiatra le comentaré estas preocupaciones. Pero ahora mismo mis sensaciones son más bien positivas y no quiero que nada las enturbie.

Aquí me siento un poco más libre, no del todo, porque para ello tendría que encontrarme a mí misma y dar un paso muy importante:

Comunicarle a toda mi gente mi estado.

Aunque no pienso darles todos los detalles porque se preocuparían y eso es, justamente, lo que no quiero. Ya, ya. Soy consciente de lo que acabo de decir. Sé que Luz me repite una y otra vez que no puedo basar mi felicidad en hacer felices a los demás antes de pensar en mí misma; estoy de acuerdo con ella y sé que debo cambiar ese hábito, pero de momento no lo puedo evitar. Tengo que ir corrigiéndolo poco a poco.

Por supuesto, como ya te dije, la primera llamada que quería, debía y sabía que iba a hacer era a Ezequiel.

—Hola, papá, ¿cómo estás?, ¿pudiste descansar?

—Hola, cariño, sí. Dormí bien, ¿y tú?

—Sí, aunque no al cien por cien porque Nosso se sube a mi cama cada diez minutos, ja, ja, ja.

—Vaya, si no es por los niños, es por el perro, ja, ja, ja.

—Ya. Lo mío es no dormir, pero con las pastillas he notado mucha mejoría.

—¿Te están sentando bien?

—En general, sí, aunque me encuentro muy nerviosa, pero de eso ya me había avisado la psiquiatra.

—Bueno, poco a poco.

—Papá, quiero hablar contigo.

—Sí, claro. ¿Qué pasa? Dime.

—Mira, papá, tú sabes que desde hace aproximadamente dos años no estoy del todo bien. Te he contado que me notaba rara, que había algo que no funcionaba y que no era la de siempre. Además de nuestra última época juntos, que no es que haya sido muy buena.

—Sí...

—Sé que pensabas que vivía enfadada, y yo lo achacaba todo a un mal día en el trabajo o al cansancio por los niños.

—Sí...

—Bien, pues no era así, lo que te decía siempre fue una excusa para mantenerte al margen de todo y para no preocuparte, pero la realidad no era la que te contaba. Como te acabo de decir, llevo mucho tiempo sufriendo en silencio, pero porque yo he querido, te repito. Sí que te he mandado algunas señales que no has visto. Normal por otra parte, porque nunca he sido directa ni te he hablado claro.

—Entiendo.

—¿Recuerdas ese día en Valencia que te dije que no estaba bien, que me ayudaras?

—Claro que lo recuerdo.

—Ahí empecé a saber que necesitaba ayuda; de hecho, me lo dijiste, pero entonces no me atreví a pedirla porque no me fiaba de nadie, aparte de que no sabía qué me pasaba. Tú me decías constantemente que era por el trabajo excesivo y por el estrés que soportaba a diario, yo quise creer que era así e intenté no darle importancia. También nuestra «mala racha» me afectaba y bastante, y llegué a pensar que era por eso.

—Sí, cariño, siempre te he dicho que vives al límite: la casa, los niños, cada vez más y más trabajo, estar pendiente de mí, de tu familia, de tus amigos, de que todos estemos bien... Eso no puede ser bueno y es normal que te haya acabado pasando factura. Además, de lo que dices, de que nosotros estábamos en un momento de curvas.

—Tienes razón, todo lo que dices es verdad y vivir cada día con tanto estrés ha sumado para llegar a esta situación. Recuerdo ahora la cantidad de veces que hemos discutido precisamente porque tú me decías que tenía que intentar frenarme un poco, no cargarme de tanto trabajo. Pero ya sabes lo que opino sobre que las buenas etapas hay que aprovecharlas porque las oportunidades pasan de largo y no están siempre para cogerlas cuando nos venga en gana.

—Cariño, te entiendo, y está bien que aproveches las buenas rachas, pero el ritmo de vida laboral que soportas es enorme, sumado a todo lo demás en cuanto a llevar la casa, los niños, a preocuparte por todos nosotros...

—Estoy de acuerdo. Pero ahora ya he encontrado la respuesta a todo, Eze. Bueno, miento, estoy en proceso de saberlo y tengo fuerzas para decir alto y claro qué me sucede. SIN SABERLO, SIN NI SIQUIERA IMAGINARLO, Y POR SUPUESTO SIN QUERERLO, TENGO UN PROBLEMA DE SALUD MENTAL.

—¿Cómo?...

—Sí, me han diagnosticado una depresión junto con un trastorno de ansiedad.

—Pero...

—Sí, Eze... Esa es la realidad. En parte hasta me alegro. Conocerla da sentido a lo que me ha pasado en todo este tiempo, algunas que ya sabes y otras cosas que no te voy a contar porque no hay necesidad y forman parte del pasado y no quiero que las sepas porque te harían daño, aunque estén relacionadas con lo que me está pasando y me ha llevado a estar en tratamiento psicológico y psiquiátrico.

—¿Por qué no me lo cuentas todo?

—¿Te acuerdas de cuando pasamos por el proceso de Shaila? Una vez te vi llorar por mi sufrimiento y decidí vivirlo sola y ponerte buena cara, de esa manera creía que contribuía a tu bienestar, y eso es lo que más me importaba.

—Lo sé, sé que lo hiciste, sabía que no lo estabas pasando bien, aunque disimulabas perfectamente porque no me enteré de todo lo que escondías.

—Ese era mi objetivo, conseguir que no lo vieras.

—Me dejas helado... ¿Puedo decirte una cosa?

—Por supuesto, lo que quieras.

—Quizás suene mal, pero ¿sabes cuándo supe realmente que estabas mal y que algo no iba bien?

—¿Cuándo?

—En nuestras vacaciones en Ibiza, cuando estábamos con nuestros amigos y tuvo que venir tu terapeuta. Desde ese momento me quedé preocupado y me di cuenta de que lo que te ocurría no era algo sin importancia.

—Sí, recuerdo que acabábamos de llegar y al día siguiente mi cabeza explotó.

—Cariño, ni siquiera te relacionabas con el grupo, estabas sola y no hablabas con nadie.

—Es cierto, por eso tuve que llamarla. Ella consideró, además, que tenía que viajar y estar conmigo presencialmente. Entonces no estaba aún con la psiquiatra. No pienses que te he mentido en ese aspecto. Pero ya llevaba mal mucho tiempo, aunque te repito que sé que no lo veías. En alguna ocasión te lo dije, pero no le dabas tanta importancia. Y lo entiendo, porque ni yo imaginé tener este problema.

—No, no, ya lo sé. Pero aquella situación me dio mucho que pensar. Ahora me siento culpable por no haberme dado cuenta antes, o por no haber hecho algo, ya que sí intuía que pasaba algo grave. Como tú dices, me lo llevas diciendo desde hace mucho tiempo y pidiéndome ayuda, aunque fuera sutilmente.

—No te permito que digas eso, jamás vuelvas a repetirlo, aquí no hay culpables, yo tampoco te he hecho partícipe de todo lo que llevo pasado.

—¿Y por qué no me lo cuentas?

—No quiero, amor, ¿con qué fin?, ¿para qué te sientas peor? Es pasado y ya está, ahora estoy en el presente, en un proceso en el que lo más importante es que quiero curarme. Ahora es cuando tengo la necesidad de que sepas lo que me está pasando.

—Y te lo agradezco, cariño, porque sé que bien no estabas, pero, repito, no hasta este punto. Para nada me imaginaba algo así.

—Estoy segura de que cuento con tu apoyo, aunque me queda un largo camino, y creo que va a ser duro.

—Yo quiero que seas feliz.

—Ahora mismo he cambiado la percepción que tenía de lo que es la felicidad, de su significado para mí. Creo que la felicidad son momentos y yo sé que ahora no la tengo. Debo buscarla, encontrarla o, mejor dicho, encontrarme a mí misma.

—Así es, cariño, y yo estaré aquí para lo que necesites. Pero me duele no haber estado más pendiente o no haberme dado cuenta antes de lo que te sucedía. Una vez más te lo has comido todo sola, no es justo, me siento culpable.

—¡Basta! No lo digas más, cariño, tú no eres culpable de nada, no te diste cuenta, pero yo tampoco te lo conté ni te di detalles. ¿Culpables? Aquí no existen. Recuerda, además, lo que te vengo diciendo desde el día que te conocí. SIEMPRE QUE ESTÉ A MI ALCANCE EVITARÉ TU DAÑO Y POTENCIARÉ TU FELICIDAD.

—Sí, pero eso no quiere decir que te jodas tú y que no seas feliz. Desde que te conozco solo piensas en los demás, nunca en ti, y eso tampoco está bien.

—Yo soy así, y no lo puedo evitar, mi felicidad es la de la gente que quiero, eso me hace sentir bien.

—Lo sé.

—¿Sabes qué voy a hacer ahora?

—Dime...

—Voy a enviar un mensaje a los caniqueros, quiero que todos los amigos a la vez sepan lo que sucede, luego se lo diré a mi madre y después lo voy a explicar en redes, con toda la naturalidad, sin filtros. Por último, llamaré a los yayos, ellos me dan un poco más de cosita, pero tienen que saberlo porque si no se van a terminar enterando por el barrio. ¿Qué te parece?

—Me parece fantástico. Si eso es lo que quieres y, además, te hace sentir bien, adelante.

—Vale, cariño, pues me pongo al lío.

—¿Has desayunado?

—No, y ayer tampoco cené... Son las pastillas.

—Ya, pero debes comer, cariño.

—Lo sé, después lo hablo con la psiquiatra.

—Gracias, y lo siento, mamá.

—No vuelvas a pedirme disculpas ni a agradecerme nada, por favor. Ahora vístete y vete a jugar al pádel, ve a disfrutar porque lo mereces. Te amo.

—Y yo, cariño.

Seguidamente he escrito un mensaje a los caniqueros. Este grupo lo forman mis amigos de toda la vida —Sara, Culi, Javi e Iker—, mi tía Sara, Pili y mi marido Eze.

¡Hola, canicas! Quiero deciros algo. Lo hago por aquí por no llamaros uno a uno y que me hagáis muchas preguntas que no tengo fuerza ni ganas de contestar. Aunque espero que con lo que voy a contar os quedéis tranquilos. Ya sabéis que empecé a ver a una psicóloga porque intuía que tenía un problema sin tener claro cuál era, solo sabía que no me encontraba bien, pero lo importante es que detecté que algo me pasaba.

Sé que os asustó bastante el hecho de que Luz fuera a Ibiza cuando estábamos de vacaciones. Desde entonces todo se ha complicado un poco más.

La realidad es que desde hace aproximadamente dos años he ido notando ciertas señales de algunas cosas en mí que

no me gustaban, aunque no quiero entrar en detalles, porque no hay necesidad.
Si algo intuíais era que Eze y yo no estábamos pasando nuestra mejor época. Solo debéis saber que lo he pasado muy mal y que aún sigo sin estar bien. Además de ver a Luz, llegó un momento en el que ella tuvo que derivarme a una psiquiatra, con la que he comenzado un tratamiento para acabar con mi problema.
Tengo depresión, con un trastorno de ansiedad y ansiedad mental. La verdad es que yo pensaba que una depresión era estar en la cama todo el día. No es mi caso, aunque he tenido días que me he metido en la cama porque no podía más, pero todo eso lo vi como algo circunstancial. Nunca creí que aislarme o estar mal en muchos momentos significara que tenía una depresión. Y más cuando nunca he dejado de trabajar, cuando he salido de vez en cuando con vosotros, cuando me he encargado de mis hijos sin problema...
A pesar de no encontrarme bien, seguía adelante con mi vida... HASTA QUE HE TENIDO QUE PARAR... HASTA QUE HE PARADO TODO POR PRESCRIPCIÓN MÉDICA.
Sé que no dejabais de preguntarme que qué

pasaba y que mi respuesta siempre era la misma: necesito un descanso. Ahora creo que merecéis saber la verdad. No estoy bien, es más, cada vez me encuentro peor. Os pido disculpas porque me he alejado de vosotros, de todo, en general. No sé qué va a pasar, pero me quiero curar, no puedo estar así. Ahora tengo que pasar por este proceso, lo que incluye que voy a estar más ausente. Y no porque me lo digan los médicos, es porque quiero y necesito hacer lo que el cuerpo me pide. Igual que en este momento me pide escribiros a vosotros y hablar con mi familia. Luego lo haré público. Hoy lo voy a hacer todo. Os quiero, canicas, sé que os tengo.

Sara

Mi Gorri, te quiero, te amo y siempre te tendré de la mano. A por todas, eres un ejemplo de lucha. Lo eres desde que naciste. Y esto que está pasando es solo una anécdota para ti.

Culi
Somos tu familia, sabemos que no estás bien, aunque no hasta este punto, pero eres una valiente, siempre lo fuiste. Saldrás de esta. Te quiero, gorda.

Iker
Solo puedo decirte que te admiro y que estoy contigo en todo, mi niña. Te quiero.

Eze
❤❤❤❤❤ Eres la mujer más valiente que he conocido jamás, luchadora y constante. Esto es una piedra más de las muchas que acarreas y la eliminarás con la misma fuerza que las anteriores, te amo.

Pili
Amiga, estamos contigo, eres un ejemplo, siempre lo fuiste y ahora de nuevo lo serás. A por todas. Estamos contigo. Te quiero.

Javi
Nos tienes contigo, amiga. ❤❤❤❤❤
Os quiero, canicas.

De inmediato he entrado en la cocina de la casita, me he preparado un café, me he puesto la chaqueta y he salido con Nosso al campo. Necesitaba coger aire porque tenía que llamar a mi madre. Era una llamada muy importante y, evidentemente, me preguntaría y se angustiaría, y no quería eso. Las madres nos conocen más de lo que creemos. A ellas no se las puede engañar.

—Hola, mami, ¿qué tal?, ¿cómo durmieron los pequeños?, ¿y tú?

—Hola, hija, bien, muy bien, cariño. ¿Tú qué haces?

—Bueno, algo diferente...

—¿El qué?

—Mamá, estoy contando a Eze, a los amigos, a la familia y a la familia virtual cómo me siento por el proceso que estoy pasando.

—Hija, ¿estás peor?

—No exactamente, mamá. Pero a partir de hoy pondré nombre y apellidos a lo que me pasa: mi salud mental o, como dice Luz, mi salud emocional no está bien. Voy a intentar, además, no maquillarlo ni disimularlo. Voy a asumir que mi presente no es bueno, que tengo un problema, que le estoy poniendo remedio, pero que necesito tiempo. Que voy a la psicóloga, que voy a la psiquiatra, que voy a revisar mi pasado y afrontar los problemas de mi presente, también los que no quiero o me da mierdo mirar.

—Cariño, ahora hablas de tu matrimonio también, ¿verdad?

—¿Cómo?, ¿cómo es que lo sabes?

—Soy tu madre y te conozco como si te hubiera parido, nunca mejor dicho porque ¡te he parido, Tamara! Me diste autorización para preguntar a Luz por tu estado y a ella le diste autorización para contestarme, sabes que lo he ido haciendo y, aunque no entramos en detalles, yo tengo ojos en la cara, yo te veo, yo percibo cada mirada triste, cada respiración entrecortada tuya.

—Sí, eso es cierto, pero... ¿qué sabes?

—Mira, quiero que me escuches.

—Sí, mami.

—Soy tu madre, sé quién eres y sé que no estás bien, llevas sin estarlo desde hace mucho. Esto no viene de ahora, viene de tiempo atrás. Cariño, tu vida está enfocada en los demás desde que tienes uso de razón. Te olvidaste de ti para centrarte en el resto, entre los que me incluyo. Crees que tienes la obligación de salvar el mundo, y es maravilloso que lo hagas, pero no te puedes olvidar de ti. Además de todo lo que te inquieta sobre cosas que sucedieron en el pasado.

—Mamá, de eso no quiero hablar.

—Vale, cariño, solo quiero que sepas que saldrás de esta, no tengas ni la menor duda. Confía en los profesionales, pero sobre todo confía en ti. Yo estoy aquí y siempre lo estaré. Adelante, mi niña. Tómate tu tiempo.

—Mami, gracias, y perdóname por no contar nada, es que no quiero que sufráis.

—Eres admirable, hija, te amo.

—Y yo a ti, mami.

La conversación con mi madre ha sido fácil porque ya lo sabía todo. Bueno, sabía casi todo, porque el pensamiento de desaparecer de este mundo no. Mi terapeuta nunca da información, solo como profesional escucha y aconseja. Mi madre sabía de mi estado general por Luz, pero sobre todo porque ella me conoce como nadie. Y sabe mucho más de mí de lo que imagino.

Ahora me quedaban dos pasos más: uno, contárselo a mi familia virtual a través de un mensaje que abriría la puerta a que todo se supiese también en las redes sociales. Porque muchas personas, aunque no formen parte de mi entorno diario —de mi familia virtual—, lo iban a saber cuando se compartiera la noticia. Pero no tengo miedo a nada, lo que tengo es la necesidad de contar cómo estoy y es lo que voy a hacer.

El otro paso era hablar con mis yayos, pero eso lo haría luego, y con ellos sé con toda seguridad que me sería más difícil explicarme.

No me apetece vestirme para lanzar el mensaje a mi familia virtual. Lo haré como estoy, en pijama. Voy a salir al campo, sentarme en una manta, apoyaré el móvil en una silla y lo que salga, saldrá.

Voy a hablar con el corazón.

Estoy nerviosa, me tiembla todo, me voy a tomar una pastilla y me lanzo. Solo tengo que darle una vez al botón de grabar y arrancar.

Hola, familia virtual.

¡Qué difícil es para mí hacer este vídeo! Es de los más complicados que he hecho nunca. Lo hago porque os lo había prometido, y porque me veo en la necesidad de hacerlo.

Quiero que sepáis por qué he tenido esta necesidad de descansar.

Lo primero que quiero aclarar es que yo no me he ido de las redes sociales ni por acoso ni por insultos ni por comentarios desagradables. Tendré esa suerte, pero yo no he padecido nunca eso.

Os dije que volvería cuando sucedieran ciertos acontecimientos. Uno de ellos ya ha sucedido: la recomendación de mi terapeuta de que puedo volver a las redes porque me hacéis mucho bien. El segundo es que mi cuerpo tolerase la medicación que mi psiquiatra me ha recetado.

Yo no identificaba el problema por ningún lado. E incluso os puedo decir que me enfadaba muchísimo conmigo, y lo sigo haciendo.

Vosotros sabíais que algo no iba bien. Yo también lo sabía. Desde hace años os he pintado una realidad preciosa, pero últimamente os decía que no tenía ganas.

Hablando con mi terapeuta vi que debía parar, pero parar del mundo entero. Y no he parado solo en redes sociales y con mi familia virtual, no. Yo he dejado de ver a mis amigos, he dejado de ver a parte de mi familia, me he tenido que aislar.

Me he caído, sí, me he caído muchas veces, creo que vosotros también lo habéis hecho muchas veces, y nos hemos levantado. Lo que pasa es que esta vez, he tenido que pedir ayuda para levantarme. Pero me voy a levantar, no me voy a quedar en la cama. He estado en la cama llorando, claro que sí. Siempre he dicho que tenemos que permitirnos el llorar, tenemos que permitirnos estar mal, pero luego, ¡arriba!... Yo, Tamara Gorro, si por algo me caracterizo, es por la positividad.

Os comento, además, otra cosa que me hace muy feliz y es que mi terapeuta y mi psiquiatra me dicen que algo estoy haciendo bien, y es que no me permito bajo ningún concepto meterme en mí misma y no hacer nada. Me visto, salgo, entro, me motivo, bailo, canto, lloro... también a ratos me meto en la cama, y siento rabia, y quiero saber qué coño me pasa. Lógicamente tengo un diagnóstico, pero no quiero compartirlo, lo haré cuando lo tenga superado, porque lo voy a superar.

Tengo que volver porque vosotros sois parte de mi terapia.

Familia virtual, sabéis que tengo mi trabajo, un trabajo que me da miedo perder, unas empresas que me ha costado mucho construir... pero con vosotros el vínculo es diferente, vosotros me ayudáis muchísimo, pero de otra manera: a hacer vídeos absurdos, a reírme; y todo eso provoca que yo me levante.

Gracias, gracias, porque es flipante la cantidad de mensajes que he recibido.

No me da ninguna vergüenza compartir lo que estoy compartiendo. Creo que todos estamos en momentos muy delicados. Lo que pasa es que por desgracia algunos no se dan cuenta de que están mal y otros nos damos cuenta tarde.

Os amo mucho. Gracias, estamos en contacto.

Lo he lanzado, y de inmediato he llamado a mi terapeuta.

—Luz, ya he hecho todo.

—¿El qué?

—Hablé con Eze, mandé un mensaje a mis amigos y llamé también a mi madre, que, por cierto, me dijo que ya había hablado contigo. Y subí un vídeo para mi familia virtual..

—Sí, ella está muy preocupada y me llama a menudo, no sabe nada de lo que hablamos, aunque sí le comento cuál es tu estado. ¿Cómo te sientes, Tamara?

—Liberada.

—Bien. Aún te falta una llamada, la de tus yayos.

—Sí, pero esa la haré ahora, con tranquilidad, porque me llevará esfuerzo emocional y tengo un dolor de cabeza tremendo...

—¿Qué quieres hacer ahora?

—Llorar. Tengo muchas ganas de llorar.

—Pues hazlo, necesitas sacar todo para poder afrontar lo nuevo.

—¿Qué es lo nuevo?

—Lo nuevo es la Tamara que va sanando y va organizando su presente más libre de su pasado, tu trabajo, tu maternidad, y también tu matrimonio, Tamara. Sabes que Ezequiel y tú tenéis mucho de lo que hablar, muchos silencios que llenar.

—Ufff... no puedo con tanto.

—Es muy duro, lo sé, es un proceso en el que parece que tienes que llegar a la cima de una montaña, pero toma conciencia de que debes llegar poco a poco, cada vez un tramo, el tramo que puedas asumir dependiendo de cómo te encuentres, con tranquilidad y dándote permiso para no subir demasiado si no tienes fuerzas.

—Vale.

—Ahora tómate tu día de descanso, de asimilar y de relajarte.

—Sí. Voy a hablar con la psiquiatra, que tengo sesión con ella, y después llamo a mis yayos y luego me tumbo en el sofá. Solo quiero estar tumbada, con la luz apagada y llorar.

—Descansa ahora. Mañana es un día en el que volverás a tener que enfrentarte a tu presente cotidiano. Has marcado un punto y aparte contigo misma y tu entorno, expresando cómo te sientes, eso va a ser liberador, pero sigues teniendo unas obligaciones, unos horarios, unas relaciones personales y todo esto consume mucha energía y ahora estás flojita.

—Sí. Gracias por todo, cariño.

—Ten confianza en ti, Tamara.

No he querido esperar más, tenía la necesidad de hacer todo lo que tenía pendiente y de liberarme.

He llamado a la psiquiatra.

—Hola, guapa, ¿te pillo mal ahora? Sé que tenemos sesión más tarde.

—Tengo una paciente en quince minutos, pero dime, Tamara, ¿sucede algo?

—Bueno, grave no. Solo que ya le he contado a los míos el problema y lo he hecho público. Como la medicación la tolero medio bien, he decidido dar el paso. También quiero incorporarme al trabajo, quiero curarme.

—Tamara, eso es una noticia maravillosa, sin olvidarnos de que estamos al principio de este tratamiento. Hay que ir poco a poco. Sabes que es un camino largo, pero me parece impresionante el paso que has dado. Sin duda, querer decirlo, querer asumirlo y, sobre todo, querer coger fuerza y retomar tu vida es imprescindible. Todo será más llevadero y fácil a partir de ahora. Y dime, ¿cómo estás tolerando las pastillas?

—Bueno, más o menos, aunque sabes que soy medio hipocondriaca, ja, ja, ja. El estómago se me revuelve, pero poco, mareos y náuseas he tenido solo un día. Lo que sí me noto es que me levanto muy nerviosa, con taquicardia, y me da miedo pensar en cuando esté en casa, por los niños.

—La taquicardia y el nerviosismo son normales, por eso tienes que tomarte la otra pastilla, la que te di para contrarrestar ese efecto, y así lo regulamos.

Con respecto al apetito, es algo que con este antidepresivo sucede mucho, pero vamos a ir controlándolo también. Te recetaré unas vitaminas. Y tendremos que hacer una analítica a tu vuelta.

—Vale, cielo, muchas gracias.

—Nada, tranquila, gracias a ti, aun así, hablamos la semana que viene para la sesión y para la revisión del tratamiento.

—Estupendo.

—Cualquier cosa que necesites me llamas.

—Gracias, un besito.

—Otro.

Según he colgado y sin llegar a entrar en la casa ni a tumbarme en el sofá, que es lo que quería hacer, me he puesto a llorar como una loca. Mi perro no dejaba de lamerme. ¡Qué sensación tan horrorosa este estado de ánimo!

Con el berrinche, me he ido hacia la casa, intentando respirar hondo, pero no lo he conseguido. He bajado las persianas, encendido una vela y me he tumbado frente a la chimenea. Nosso se ha subido conmigo al sofá. Y he seguido llorando sin parar.

Me ahogaba, sentía como presión en el pecho. He cogido una pastilla del neceser que tenía en la mesa del salón. Y cuando empezaba a relajarme, de repente ha sonado el teléfono.

No me lo podía creer, esta llamada era por algo, ¿por qué si no justo ahora? Era mi yaya. Tenía que cogerla o se iban a preocupar.

—Hola, yaya.
—Tami, hija, ¿qué pasa?, ¿dónde estás? Me están llamando...

Me ha respondido con tono de angustia y muy triste, casi llorando. En ese momento he notado como si me clavaran un puñal en el pecho. Me tocaba dar explicaciones a las personas más sensibles de mi vida.

Mañana sigo, querido diario, me revienta la cabeza y los ojos se me cierran. Estas pastillas no dan tregua. Es tomarlas y caer dormida.

DÍA 14

VUELTA A CASA

Querido diario:

Perdóname por no escribirte, pero llevo unos días muy duros provocados por un cúmulo de situaciones que me han dejado KO.

La última vez que «hablamos» fue desde mi refugio cuando comuniqué a TODOS mi situación. Tumbada en el sofá me sentía mal, muy mal, y justo en ese momento recibí la llamada de mi yaya. ¡Madre mía! Aún lo recuerdo y me descompongo.

—Hola, yaya.

—Tami, hija, ¿qué pasa?, ¿dónde estás? Me están llamando...

—¿Como que te están llamando? ¿Quién?

—Las vecinas, hija.

—Y a mí también —escuché a mi yayo de fondo. Tenían conectado el manos libres.
—¿Y qué os dicen, yayos?

Sentía de nuevo una horrible presión en el pecho, estaban sufriendo y no podía soportar esa escena, donde les veía sufrir.

—¡Dicen que estás mala, que vas al psiquiatra y que estás medicada! ¿Qué te pasa? ¿Por qué no nos lo has contado? ¿Dónde estás?...
—Bueno, escuchadme atentamente. Yaya, deja puesto el manos libres para que me escuche también el yayo. Como siempre he hecho, pensaba hablar con vosotros en persona, pero os lo cuento por aquí.
—Ay, Tamari, hija... no nos asustes.
—No hay nada de lo que asustarse, yayitos, ¿vale?
—Vale, hija.
—Lo primero es pediros disculpas porque os tendría que haber llamado antes de hacerlo público. Pero, sinceramente, no pensé que os fuerais a enterar tan pronto.
—Ya sabes que las nietas de las vecinas te siguen en las redes sociales esas.
—Lo sé, y no caí en ello, pero no fui consciente de que al contarlo en las redes podríais enteraros. Me doy cuenta ahora y os pido perdón.

—Tranquila, hija, dinos qué te pasa.

—Mirad, yayos, sé que la palabra psiquiatra, medicación o tratamiento y terapia os asustan, pero todo tiene su explicación. Hace mucho tiempo que no me siento bien. Pensaba que era por ciertos temas que me estaban pasando factura, como el excesivo trabajo, la casa, los niños y todo lo demás. Pero cuando empecé a sentirme muy triste, apática y desganada, decidí hablar con una psicóloga para que me ayudase a solucionar mi situación.

—Una persona que no te conoce de nada...

—Yayos, los psicólogos están ahí para todo el mundo, son profesionales que ayudan a las personas con problemas, para que lo entendáis. El caso es que he estado haciendo sesiones con ella y juntas descubrimos que mis problemas no solo vienen del presente, sino también de cosas que arrastro del pasado.

—¿Cómo del pasado?

—Para que los comprendáis mejor, mirad. En terapia hacemos un repaso de mi vida, de toda mi vida. Y al profundizar en temas de mi niñez, de mi adolescencia y de todas las cosas que viví hace muchos años, es cuando he empezado a sentirme cada vez peor.

—¿Pero cómo te estaba ayudando si en lugar de mejorar ibas a peor?

—Porque al tocar todos esos temas que me removían, también comencé a darme cuenta de ciertas cosas en las que nunca había pensado. Pero sí, lo cierto es que me fui apagando cada vez más. Entre remover el pasado y todo el estrés de mi vida diaria presente, no solo no mejoraba, sino que estaba cada vez peor. Fue entonces cuando la terapeuta decidió que necesitaba la ayuda de una psiquiatra.

—Madre mía...

—Yayos, estos profesionales, como cualquier otro médico, te ayudan a curarte, en mi caso no de algo físico, sino de un problema mental. Y si te tienen que dar medicación te la dan, porque el objetivo es que te vayas sintiendo mejor para ir tratando los problemas que te han llevado a estar así. Es como cuando vais a vuestros médicos, nada más. En mi caso, lo que me han diagnosticado es un problema de salud mental. Os extrañará porque no es algo que escuchéis muy a menudo, pero hay más casos de los que creéis, aunque a la gente le da vergüenza hablar de ello por miedo a lo que piensen los demás. A mí me da igual, yayitos. Esto es lo que me está pasando, y así lo afronto.

—¿Pero qué problemas son esos? ¿Qué podemos hacer nosotros?

—No tengo nada malo, todo está bien, de verdad.

—Y esas pastillas ¿para qué son?

—Para levantarme el ánimo, nada más.

—Ah... vale, vale, nos dejas más tranquilos, hija.

—Claro yayitos, estad tranquilos que todo está bien, ¿vale?

—Vale mi niña, te queremos mucho.

—Y yo, sois mi vida. Adiós, bonitos.

Evidentemente les oculté muchas cosas o mejor dicho se las disfracé. Ellos no las entenderían y se asustarían. ¿De qué serviría que yo les dijera mi diagnostico?, ¿de qué valdría contarles lo que he pasado hace tiempo y todo lo malo que estoy pasando a diario? De nada.

Sería hacerles sufrir innecesariamente y me niego en redondo.

Al día siguiente de aquel catártico día, volví a Madrid. Tenía unas ganas locas de ver a mis hijos. Cuando me reencontré con ellos no podía dejar de llorar. Shaila también lloró, Antonio es más pequeñito y no entiende muchas cosas, pero mi niña es más mayor y ha notado mucho mi falta.

De nuevo me volví a sentir una mala madre viendo cómo mi niña había sufrido por mi ausencia. Resulta que durante el confinamiento por la Covid-19 de 2020 tuvimos que estar separadas, yo estaba en Valencia y ellos en Madrid. Cuando cerraron los colegios decidí llevarlos a la capital para que estuvieran entretenidos con sus primas, pero después impusieron el estado de alarma por la crisis sanitaria y ya no me pude mover. El confinamiento se alargó mucho y a Shaila le afectó. Desde entonces sé que es imposible para ella estar separada de mí. De hecho, cada vez que me voy, siempre me pregunta con mucha insistencia cuánto tiempo voy a estar fuera. «Como aquella vez...», me dice. Se me parte el alma. Ellos son muy dependientes de mí, están veinticuatro horas conmigo, lo hago todo con mis hijos... Y notan mucho cuando no estoy.

Los fui a recoger al colegio y al llegar a casa me reencontré con Ezequiel. Me dio un abrazo fuerte, muy fuerte, yo a él también. Mi miró y me dijo:

—Perdóname, mamá.

—¿Por qué te tengo que perdonar?

—Porque no he estado ahí, porque no lo he visto, y ahora sé que estás muy mal.

—No vuelvas a decir eso jamás. Ya lo hablamos el otro día, no tienes culpa de nada, cielo. Ahora me queda un camino muy largo y difícil, pero estoy con ganas, voy a por todas, Eze. Mañana me incorporo al trabajo y a mis redes sociales. Despacio, poco a poco, pero con ganas.

—Me parece estupendo, pero lo siento, aunque me repita. No he estado a la altura, de nuevo, has estado sola.

—¿De nuevo?

—Sí, ya lo hablamos. De nuevo, porque cuando vivimos el proceso de Shaila tú me hacías creer que todo estaba bien y era mentira, estabas mal y te lo comiste sola con tal de no preocuparme. Es increíble tu capacidad de bondad, increíble...

Justo en ese momento llamaron al telefonillo. Era mi madre. Cuando entró me abrazó muy fuerte, nos miró a Ezequiel y a mí y bromeando nos dijo que qué nos parecía que la madre y la suegra pesada se viniera unos días a casa de nuevo para cuidarnos. Todos nos reímos.

Tenía claro cuál era su verdadera intención, quería estar cerca de nosotros para ayudarnos con todo. Sabía, como buena madre que es, que yo estaba muy flojita y quería echar una mano con los chicos, atender a Eze en lo que necesitase —siempre ha sido el niño de sus ojos— y, sobre todo, cuidarme mucho a mí y también —presentía— conseguir que comiese.

—Tama, estás muy delgada, hija.

—Sí, mami, pero es normal.

—Pero has perdido mucho peso...

—Lo sé, yo hago por comer, mamá, te lo juro, pero entre la medicación y que tengo días más flojos que buenos, se me va el apetito.

—Bueno, hoy voy a haceros unos huevos con patatas fritas muy ricos, verás como te chupas los dedos.

Ezequiel y yo nos miramos y nos reímos otra vez, los niños daban saltos de alegría. La yaya había vuelto para consentirlos.

Más tarde, mi madre metió la pata y la pillé «tramando» que mis amigos vinieran a casa para verme y tomar algo conmigo. Le di las gracias, pero rápidamente le dije que no podía ser, que no quería estar con nadie. Necesitaba estar sola y les escribí.

Canicas, sé que hoy teníais previsto venir
a verme, por favor, no lo hagáis,
no os lo toméis a mal.
Sé que lo hacéis por mí, para animarme.
Pero no me apetece... necesito estar sola.
Os quiero con locura, pequeños, os siento cerca
de verdad, pero no quiero estar con nadie.

Culi
Solo queremos darte un beso y tomar algo.
No vamos a hablar de nada que no te apetezca.

Lo tengo claro, sé cuál es vuestra intención,
pero no quiero ver a nadie, no sé qué me
pasa, pero no me apetece, de verdad.

Pili
Lo entendemos perfectamente. Cuando tú quieras nos avisas, aquí estaremos.

Me entretuve con los niños, sin muchas fuerzas, pero las saqué, aunque sinceramente no sabría decir de dónde. Estábamos jugando a saltar y mi estómago empezó a revolverse; todo me daba vueltas. Ezequiel fue el primero en darse cuenta.

—¿Estás bien, mamá?

—No, me estoy mareando y tengo muchas ganas de vomitar.

—Tranquila, siéntate.

—No, no, me voy fuera de la sala de juegos, quédate con los pequeños, que no me lo noten y se asusten. Tranquilo, que no me caigo.

—Vale, cariño.

Hice mal en querer quedarme sola, porque cuando la cabeza empieza a dar señales de que puedes marearte, lo primero que hay que hacer es avisar a alguien para que te ayude por si te caes. A mí, de adolescente, me pasaba mucho, y mi madre por desgracia también lo sufre. Ella tiene crisis epilépticas espontáneas y es importantísimo avisar cuando crees que te va a ocurrir.

Una vez más quise hacerme la fuerte porque lo más importante para mí era que mis hijos no notasen mi malestar.

Salí muy despacio de la sala de juegos, llegué a duras penas a mi habitación y muy poco a poco me tumbé en el suelo para evitar una posible caída. Levanté las piernas y las puse encima de un mueble que tengo en la entrada.

Cuando sentí que la cabeza se recomponía y ya no me daba vueltas, me levanté despacio y me fui al baño, que lo tenía a dos metros de donde estaba. Me empapé la cara y la nuca con agua fría, sentí mejoría, pero de inmediato aparecieron las ganas de vomitar. Realmente era bilis porque no tenía nada en el estómago. Llevaba varios días sin comer bien, lo único que hacía era ingerir alguna cosa de manera obligada, porque para tomar la medicación era imprescindible tener el estómago lleno.

Mi madre me empezó a gritar desde fuera, golpeando la puerta.

—Tama, ¿estás bien?

—Sí, tranquila, mamá.

—Ábreme la puerta hija, por favor.

Había cerrado la puerta con pestillo. Noté por su tono que estaba muy angustiada. Le abrí para evitar que su preocupación fuera a más.

—Ay, Tama, hija, ¿qué te pasa?

—No te preocupes, mami, me descompuse, pero no es nada, estoy bien.

—Venga, vamos a comer unos huevos con patatas, que ya no me queda nada para tenerlos listos.

—Mami, no me apetece, de verdad. No me siento bien. Necesito descansar, en cuanto los niños se acuesten me meto en la cama.

—¿Vas a rechazar una rica cena que te ha hecho tu mami con todo su amor, cariño y delicadeza?

Me lo dijo con tono irónico, riéndose y poniendo cara de cómica. Me sacó una sonrisa.

—Anda, venga, pesada, vamos a cenar.

—¿Pesada? Pues, hija, solo llevo unas horas aquí, no sabes lo que te espera...

—Sí, sí lo sé, ja, ja, ja.

—Ven, ven aquí, que tu madre te dé un abrazo. —Abrió los brazos mientras se acercaba a mí.

—Mamá, no empecemos, que te conozco.

Mi madre, cuando se pone en modo intensa, no para de darme abrazos cada cinco segundos, y si huyo, me persigue por toda la casa para dármelos. Obviamente, cuando lo hace, al final provoca mi risa y que me sienta mejor. Es la mejor del mundo.

Mientras cenábamos Eze, mi madre y yo tuvimos una conversación.

—Hoy estoy pendiente de los niños por la noche —dijo mi madre.

—No, mamá, me quedo yo al tanto porque llevo sin hacerlo durante muchos días y lo deseo. Además, no estoy enferma.

En ese momento, nos miramos Ezequiel, mi madre y yo y nos empezamos a reír.

—Bueno, enferma sí, me refiero a que no pueda moverme, ja, ja, ja.

—Pues hoy duermes y descansas.

—No, mamá. Solo me voy a tomar una pastilla, no las dos que me han recetado para dormir. Así voy probando cómo me sientan y si me despierto con facilidad o no.

—Cariño, yo creo que tu madre tiene razón, debes descansar —añadió Ezequiel.

—Si yo descanso, de verdad —respondí.

—Bueno, pues que decidan los niños —dijo mi madre.

—¡Mamá! ¡NO! —protesté.

Sabía que si les preguntábamos a ellos la respuesta iba a ser clara: CON LA YAYA. LA AMAN.

—Niños, ¿queréis dormir con la yayita y montamos en el barco antes de ir a la cama y leemos un cuento? —les dijo mi madre con tono divertido y motivador.

La respuesta no se hizo esperar.

—¡Síí, con la yaya! —dijeron Shaila y Antonio, muy felices.

Estaba claro que no podía quitarles esa ilusión. Cuando terminaron de cenar, les ayudé a que se lavaran los dientes, hicieran pipí y les acompañé hasta la puerta de su habitación. Sabía que no me iban a dejar pasar porque estaba todo preparado para jugar al barco. Vamos, que mi madre se los había ganado, algo que hace muy a menudo. Es una gran especialista en motivación.

Cuando cerré la puerta de la habitación de los niños, me fui corriendo a la mía, entré al baño y me lancé directa al váter. No había querido decir nada mientras estábamos todos juntos, pero había tenido ganas de vomitar durante toda la cena. Mi estómago estaba revuelto de nuevo, no me habían caído bien los huevos y las patatas.

Cuando salí del baño, ahí estaba mi madre.

—¿Qué pasa, hija? He salido a por agua para los niños y te he escuchado.

—Mami, vomité la cena, me cayó mal.

—Esto no puede seguir así, hija. Y ahora vas a tomarte otras pastillas... es mucha la medicación que tomas, Tamara. Tienes que comer, te estás quedando en los huesos.

—Tranquila mamá, mañana tengo sesión con la psiquiatra y se lo comento.

—Vale hija, dame un beso. Te quiero mucho.

—Y yo mami, gracias por todo.

Antes, cualquier día normal, hubiera bajado a tumbarme en el sofá junto a mi marido para ver una serie, pero me encontraba muy mal; mi cuerpo me pedía descansar.

Me fui a la cama y desde allí le mandé un mensaje a Ezequiel por WhatsApp, no quería gritarle desde arriba. Tenía que pensar en los niños, estaban en la habitación de al lado.

Papá, me voy a meter en la cama, no me siento bien y necesito descansar.

Subió a la habitación al segundo para preguntarme qué me pasaba.

—No me encuentro bien, he vomitado la cena y mi cuerpo me pide dormir, me apetece estar en la cama. Me voy a tomar las pastillas y a descansar.

Miré el reloj. Eran las ocho y media.

—Me voy a dar una buena cura de sueño.

—Vale, vale. Venga, intenta descansar. Cualquier cosa me llamas. —Me dio un beso en la frente y se fue cerrando la puerta.

Seis y media de la mañana. Cuando ha sonado el despertador estaba profundamente dormida, no daba crédito, había dormido del tirón. Increíble, no recordaba una noche así desde hacía mucho tiempo.

Me he levantado eufórica y he comenzado con mi rutina de siempre: bajar a tomarme un café, leer cosas pendientes, dar los buenos días en redes sociales y despertar a mis hijos.

De camino al colegio todo ha sido felicidad, pero cuando les he dado un besito y se han alejado para entrar a clase, algo dentro de mí se ha revuelto, he tenido ganas de llorar.

No sé qué me ha pasado, unos segundos antes estaba tan feliz y al momento siguiente me he venido abajo. Pero no iba a dejar que esas sensaciones pudieran conmigo. Me he subido al coche para ir al gimnasio, aunque cuando he llegado a la primera rotonda, me he desviado de mi camino y me he ido a casa.

No quería entrenar. Mala señal.

De nuevo me he planteado qué me podía pasar, parecía que estaba volviendo a la normalidad y de pronto no me apetecía ir al gimnasio, cuando eso siempre ha sido una de mis motivaciones diarias.

Además, había quedado con mis compañeros, porque era el día que me incorporaba al trabajo. Pero lo cierto es que no tenía ganas de ir; en realidad no tenía ganas de nada, me dolía la tripa, tenía náuseas y me notaba baja de ánimo. Pero no podía dejarlos tirados, somos un equipo. Estoy segura de que han pasado miedo durante esta etapa. Era hora de darles una alegría entre tantos momentos de incertidumbre. Esa ha sido mi motivación.

Al llegar a casa, he subido a la habitación, he elegido la ropa adecuada y he grabado para mi familia virtual cómo me había vestido.

Después les he hablado con la verdad por delante.

Me he sentido liberada.

Tras publicar aquel vídeo donde les contaba mi enfermedad, puedo decirles todo lo que me pasa en cada momento.

Les he dicho que no tengo ganas de nada, pero que

iba a motivarme y a sacar mi parte positiva. Esa era la verdad, ya no había filtros ni quería que los hubiese nunca más. En realidad, nunca les he mentido. Solo les he escondido parte de la verdad. Dije que no iba a contarles todos los detalles hasta que yo no supiera lo que me pasaba. Ahora, como ya lo sé, puedo compartir con ellos mucho más. Menos mi diagnostico, no quiero compartir que tengo una gran depresión, porque me preguntarán y yo no podré ayudar, ya que estoy en proceso de curación. De hecho, una de las decisiones que he tomado es la de que me voy a mostrar cada día tal y como esté en ese momento, sin pudor.

Más tarde he tenido sesión con la psiquiatra. Me inquietaban bastantes cosas que tenía que preguntarle.

—Hola, doctora.

—Hola, Tamara, ¿cómo estás?

—Mal... —He comenzado a llorar.

— Tranquila, cuéntame, ¿qué sientes?

—Muchas cosas, noto que voy a peor.

—Ok, vayamos por partes. Primero hablemos de la medicación. ¿Qué tal estás tolerando la subida de dosis?

—Uf... mal. Noto mucho las náuseas, no todos los días, pero sí en más ocasiones. Aparte, vomito cuando tomo cualquier alimento.

—Cuando vomitas, ¿relacionas que es por algún momento de ansiedad? Recuerda que, además de tu cuadro depresivo, existe también un trastorno de ansiedad y ansiedad mental. Todo lo que te sucede está comunicado, un problema alimenta al otro, y al final tiene que salir de alguna manera.

—Bueno, no siempre se relacionan. Hay ocasiones en que, directamente, no tolero la comida, pero eso también puede ser por mi problema digestivo. Lo que noto es que estoy bajando mucho de peso.

—¿Estás perdiendo demasiado el apetito?

—Sí. Como mucho menos.

—Ya te dije que uno de los efectos secundarios de este antidepresivo es precisamente la pérdida del apetito. Pero ¿no comes nada?

—Como, pero no tanto.

—Eso lo vamos a ir controlando, y si sigues sin apetito, como te comenté en nuestra primera charla, te mandaré unas vitaminas, ¿de acuerdo?

—Ok, gracias.

—¿Estás durmiendo bien?

—Desde que me tomo las dos pastillas duermo muy bien, pero aún no he probado a estar sola con los niños. Mi madre ha venido a casa para cuidarme y ayudarnos, ahora están durmiendo con ella.

—¿Te levantas bien?

—Sí.

—Las taquicardias de la mañana, ¿cómo van?

—Están disminuyendo.

—Perfecto, ya te dije que al principio las sentirías bastante, pero que lo normal es que fueran desapareciendo. ¿Y la ansiedad?

—Mal... muy mal.

—¿Va a más?

—Sí.

—¿Cuántas pastillas estás tomando al día para calmar la ansiedad?

—Tomo el antidepresivo más dos calmantes, uno por la mañana y otro por la tarde. Por la noche tomo dos pastillas para dormir.

—De acuerdo, es lo que te había pautado. ¿Qué tal los pensamientos?, ¿son menos negativos?

—No... A eso me refiero cuando te digo que no estoy bien y me noto peor.

—Hay que darle un poquito de tiempo a la medicación porque es la que hace que el ánimo suba. Y respecto a este tema, ¿cómo es tu estado de ánimo?

—Tengo días buenos, no perfectos, pero sí llevaderos, y otros en los que solo quiero estar en la cama llorando y con las luces apagadas.

—La terapia, ¿qué tal va?

—Estupenda con Luz, ella es mi bastón. Y yo, depende de los días, pero en general me siento mal.

—Tamara, estamos en el inicio del tratamiento, como

mínimo tienen que pasar cuatro semanas para que la medicación comience a hacer efecto. En ese momento pasaríamos a valorar todo con más exactitud. De momento creo que te voy a subir la dosis del antidepresivo, ¿ok?, vamos a darle un empujón más. Con el resto de medicación sigue como estás, ¿de acuerdo?

—Vale, pero ¿ese aumento me va a fastidiar otra vez por los efectos secundarios?

—Mmm... al principio siempre lo notarás un poco, Tamara, pero cada vez será menos. Aun así, ante cualquier duda, me llamas de inmediato.

—Ok.

—Una última cosa, ¿qué planes tienes en estos próximos días?

—Me voy con mi familia a Laponia, es un viaje muy deseado.

—¿Estás motivada?

—Me duele decirlo, pero no. Lo hago solo por mis niños, que están deseándolo y ya sabes que eso a mí me da la vida.

—¿Y el trabajo? Te incorporabas hoy...

—Hace un rato no tenía nada de ganas, pero luego me he automotivado, y quiero arrancar y hacer muchas cosas.

—Me parece estupendo. Te comento una cosa más: no sientas frustración por no tener ganas de hacer ese viaje, es normal, ya que tu estado anímico ahora mismo es muy inestable, estás delicada. Piensa que el trabajo siempre fue una gran motivación para ti, al igual que tus hijos. Usa ese pensamiento para animarte. El trabajo y tus hijos son tu motor, recuérdalo. ¡Ah! Y también hay algo más que debes tener en cuenta.

—Dime

—Como ya te dije, estás ayudándote mucho con tus inmensas ganas de salir de esta situación. Y no solo le pones ganas, también actúas en consecuencia. Pero no olvides que los bajones van a existir y cuando aparecen son peligrosos. Por eso te quiero dar un consejo o, mejor dicho, una pauta que deberías intentar poner en práctica. Cuando tengas algún bajón y solo te apetezca estar en la cama, llorando y sola, es cuando deberás tirar de todas tus ganas y esforzarte por realizar una actividad, una obligación o un compromiso... Me da igual cuál sea: vestirte, arreglarte, trabajar, estar con tus hijos... lo que quieras.

—¿Por qué?

—Porque cuando aparece ese bajón, si lo alimentamos abandonándonos o prestándole demasiada atención, es cuando todo se convierte en más negativo y más oscuro. Sé que es muy difícil, pero tú puedes hacerlo, inténtalo, por favor.

—De acuerdo.

—Nos vemos en la siguiente sesión, ahora te mando las recetas actualizadas para que puedas ir a por las pastillas a la farmacia.

—Vale, muchas gracias.

—Un beso.

—Otro para ti.

Madre mía, diario, si hace tiempo me hubieran dicho que iba a llegar a este punto, que iba a estar así, no me lo habría creído.

Yo que pensaba que cuando empecé con la psicóloga había dado con la solución y resulta que cada día me siento peor. Y eso que no dudo ni por un momento que ella está haciendo un trabajo maravilloso conmigo. Es más, siempre me dice que el camino es lento, pero que saldré y veré la luz pronto. Pero, joder, estoy en terapia, con psiquiatra y medicada, y no veo esa luz por ningún sitio.

En fin, me despido ahora y por unos días. Ya no te veré hasta que vuelva del viaje. Así me tomo un descanso de hablar de mis problemas y seguro que a mi vuelta también tendré más cosas que contarte, más novedosas y mejores que las que te cuento ahora.

Ojalá.

¿Sabes qué? Creo que este viaje me va a venir bien.

DÍA 15

SALDRÉ DE ESTA

Querido diario:

Estuve a punto de escribirte desde Laponia, de hecho, una tarde estaba tan desesperada que quise salir de la cabaña a hacerlo. Me vestí y cuando fui a coger el cuaderno, ¡NO LO TENÍA! Me lo había dejado en Madrid porque no pensaba usarlo en ningún momento. De todas formas, creo que es mucho mejor que lo olvidara porque así te puedo contar todo con más detalle y más tranquila. Quiero hablarte también de mi estado actual, que ha cambiado bastante desde la última vez que nos vimos en estas páginas.

El inicio del viaje fue caótico, nos perdieron las maletas y la primera noche tuvimos que dormir con la ropa que llevábamos puesta. Sufrí por los niños porque, además, nos les podía dejar salir a la calle, hacía mucho frío, once grados bajo cero, y no teníamos nada para abrigarnos ante esa temperatura. ¡Un horror!

Afortunadamente, al día siguiente trajeron nuestro equipaje y empezamos a disfrutar. Bueno, casi, porque entonces empezó «otra aventura». Eso sí, decirte que el paisaje era precioso, un entorno que jamás había visto en mi vida. Luego ya comenzaron a surgir los problemas.

Las actividades que tenían para nosotros no eran adecuadas para mis hijos. Por ejemplo, la mayoría de veces los niños tenían que estar sentados en un trineo durante horas, a lo que se sumaba el frío que hacía... ¡y eso que decían que este año estaban teniendo allí temperaturas primaverales!

Durante una excursión los niños lloraron mucho porque querían bajarse del trineo, pero no podíamos hacerlo porque estábamos muy lejos del hotel como para volver por nuestra cuenta. Ellos tenían frío y yo me angustiaba por ellos, así que no disfruté lo que debía.

También debo contarte que no todo fue malo. Hubo una excursión, la que hicimos a la casa de Papá Noel, que fue mágica.

Nunca olvidaré la cara de Shaila y Antonio ese día.

Su ilusión era enorme, les devoraban los nervios y la sonrisa no se borraba de sus rostros.

Cuando entraron, y ya delante de Papá Noel, le entregaron la carta y le dijeron lo que querían. Sentí tanto orgullo en aquel momento que no puedo describirlo.

—Yo quiero una muñeca y una maleta —le dijo Shaila.

—Yo quiero una pista de bolos y una maleta —le pidió Antonio.

Y sentí orgullo porque lo normal es que los niños quieran un montón de cosas, pero mis hijos solo pidieron dos cada uno. Me encantó comprobar cómo tienen ya interiorizado que no se puede tener todo lo que uno quiere, y que hay muchos niños en el mundo entre los que repartir regalos.

Nuestro viaje era de tres días en Laponia, pero uno lo pasamos entero en el resort. Habíamos cancelado la excursión de motos porque hacerla suponía que los niños volvieran a estar sentados durante mucho tiempo en un trineo, y no les iba a hacer pasar por lo mismo de nuevo. Lo que hice fue buscar un trineo para deslizarnos y una cuesta que nos sirviera para eso. La encontré, fui a recogerlos y todos nos estuvimos tirando una y otra vez. Luego les propuse hacer un muñeco de nieve, aunque los pobres se agobiaron un poco, llevaban demasiadas capas de ropa y no se podían ni mover. Dijeron que querían irse a la habitación calentita.

Una vez en la cabaña, empecé a sentirme extraña. Me vino a la cabeza un tema personal del presente que me lleva atormentando mucho tiempo. Conforme entró en mi mente, se apoderó de mis pensamientos. Pensé que tendría que hablarlo con Luz cuanto antes, pero como tenemos tantos asuntos que tratar y vamos poco a poco, siempre lo voy dejando pasar. Pero es algo a lo que creo que tengo que darle más importancia.

La tripa se me empezó a revolver, fui corriendo al baño, pero no llegué a vomitar, aunque tenía muchas náuseas. En realidad, estuve así de revuelta todos los días, la psiquiatra me había subido la dosis de la medicación y todavía estaba en proceso de adaptación.

Por si no era suficiente con encontrarme mal físicamente, al momento me dio un bajón enorme.

Tenía muchas ganas de llorar.

Salí a dar un paseo, me desahogué y volví a entrar en la cabaña, donde se encontraban los niños, Ezequiel y mi madre. Estaba deseando que se fueran para meterme en la cama. Era justo la hora de la comida.

—¿Qué te pasa hija? —me preguntó mi madre.

—Nada, mami, que no me siento bien.

—¿Pero ha sido de repente? —me preguntó Eze.

—No... llevo con náuseas todos los días, debe ser la medicación. Además, anímicamente ahora me siento muy floja, me apetece estar en la cama.

—Pero, cariño, vente a comer algo y luego te tumbas —dijo mi madre.

—No, mami. Ahora os vais todos, yo prefiero quedarme sola, ya sabes que no quiero que los niños me vean mal. Así reposo un poco. Cuando volváis, ya estaré bien.

—Ok... —asintieron los dos.

—Mami, ¿no vienes a comer? —me preguntó Antonio.

—No, hijo, mami se queda para ir haciendo las maletas, que mañana nos vamos, ¿vale?

—Mamá, no mientas, vas a meterte en la cama porque estás triste y cansada —reaccionó Shaila.

En ese momento el mundo se me vino encima, de nuevo mi sentimiento de mala madre apareció y agudizó lo mal que me encontraba. Mi hija había vuelto a detectar que no estaba bien, eso que siempre he querido evitar a toda costa.

—Mi amor, para nada estoy triste, solo un poco floja, es que tirarme con el trineo me ha dejado muy cansada, ja, ja, ja. Además, es verdad que tengo que hacer las maletas para mañana, mi vida. Yo nunca estoy triste estando con vosotros, ya lo sabes, mi amor —le respondí, agarrándola por un brazo, acercándola hacia mí, y dándole un beso y un abrazo muy fuertes.

Según salieron por la puerta, me puse a hacer alguna maleta para que al volver comprobasen que su mamá no les había mentido. Acto seguido, me metí en la cama. Esta vez no bajé las persianas porque allí era de noche y porque, aun estando tumbada, la ventana enmarcaba un paisaje precioso, con pinos y calles con mucha nieve.

Comencé a llorar desconsoladamente. Lloraba tan fuerte que hasta a mí me estremeció mi pena. Volví a sentir eso que hacía ya algún tiempo que no sufría, ese nudo permanente en la garganta y en el pecho. Tenía mucha tristeza. Cogí la medicación, me tomé una pastilla y me quedé dormida.

Al rato escuché las voces de los niños y rápidamente di un bote de la cama, no quería que me vieran acostada, pero de nada sirvió. Tenía los ojos hinchados.

—¿Ves? Te has dormido —me dijo Shaila.

—No hija, es que se me ha metido algo en los ojos y se han hinchado de tocármelos —la intenté convencer.

—Ah... ¿y la maleta? —me preguntó.

—Aquí está, mi amor.

Mi madre me miró con cara de angustia, ella sabía que tenía un bajón, y grande. Eze no me dijo nada, supongo que ya estaba acostumbrado.

Pasamos la tarde jugando, luego les preparé una sorpresa para animarlos y también para animarme yo. Fue una ducha con banda sonora con canciones de Navidad para bailar y cantar bajo el agua. Lo conseguí.

Estábamos felices.

Después terminé de hacer las maletas junto con mi madre y Eze.

Nos fuimos a cenar y hubo un momento en el que tuve que salir del restaurante. Tenía unas ganas de llorar inmensas, me notaba muy muy triste.

Estaba fumándome un cigarro cuando de repente alguien me abrazó por detrás. Era mi madre.

—Todo pasará, cariño —me dijo al oído mientras yo no paraba de llorar.

—Qué triste estoy, mamá, me siento mal, cada vez peor —le respondí sin ocultar mis sentimientos.

—Lo sé, cariño, pero tú eres fuerte, puedes con esto y con más, y te vas a curar, mi niña —me dijo con un tono de voz bajito, pero con seguridad.

—Sí, mami, lo sé, pero me está costando mucho, mucho. No sabía que esto iba a ser tan complicado...

Más tarde, no pude evitar mandarle un mensaje a Luz:

Hola, cariño, perdona que te moleste. Solo es para preguntarte si mañana al llegar a España podemos hace una sesión.

Hola, Tamara, ¿cómo estás? Sí, desde luego. Habíamos quedado en programar las siguientes cuando volvieras, pero claro que sí, dime hora y, por favor, adelántame una cosa, ¿estás bien?

No, no estoy bien.
¿Te viene bien sobre las nueve de la noche?

Perfecto, a esa hora nos encontramos.
Y recuerda: confía en ti.

Ya he perdido la confianza en mí.
Gracias, un besito.

Otro. Hasta mañana.

¡Qué horror toda la vuelta! Los niños estaban muy nerviosos, se les hizo el viaje muy pesado, pero yo no les podía ayudar entreteniéndolos. Mis ojos se cerraban sin yo quererlo, estaba agotada psicológicamente. Hice un esfuerzo por jugar con ellos, pero daba cabezadas sin remedio.

Aterrizamos y me bajé del avión con toda mi tristeza por dentro, pero bien disimulada por fuera, para que los niños no notaran nada. Nos fuimos a casa, los bañé, les di la cena y los acosté. Cogí el monitor de la cámara que tengo en su habitación por si me llamaban y me bajé corriendo, agarré el ordenador y llamé a Luz.

—Hola, Tamara, ¿qué tal el viaje? Supongo que muy cansada.

—Sí... estoy agotada. Pero creo que más psicológicamente.

—¿Qué pasó?, ¿por qué esa necesidad de hablar conmigo hoy mismo?

—Luz, los primeros días estuve medianamente bien, con mis bajoncillos, pero todos controlados. El problema vino el último, cuando de nuevo tuve que meterme en la cama. Tenía una tristeza que me superaba.

—¿Por algo en concreto?

—No... Bueno, creo que mi tema personal presente está haciendo mella. Un poco al menos creo que sí.

—¿Quieres que hablemos de ello?

—Debemos hacerlo y muy profundamente, pero hoy no, mi cabeza me explota...

—Ya, pero es necesario hablarlo cuanto antes porque esto influye en todo lo demás y no te está dejando avanzar... Es tu día a día, es tu matrimonio. Llora tranquila, saca todo lo que tengas dentro.

—Con Eze sí lo estoy hablando, lo estamos hablando, es más, no dejamos de hacerlo, y creemos que lo mejor es estar un tiempo separados.

—¿A esa conclusión habéis llegado?

—Sí, pero no a la de divorciarnos, solo a tomarnos un tiempo.

—¿Por qué esa decisión?

—Porque cuando estás estancado y no avanzas ni para adelante ni para atrás, aunque haya amor, lo mejor es separarse, coger aire y volver a lo que siempre hemos querido, que es morir juntos.

—Me parece una decisión muy coherente.

—Y muy desgarradora, Luz.

—Lo sé...

—Tengo mucho dolor, le quiero y se que él a mí también.

—Es muy doloroso, Tamara, ¿cuándo lo vais a comunicar?

—No hemos hablado de ello, pero creo que pronto.

—Se avecinan curvas, lo digo por tu estado.

—Lo sé.

—Tranquila, ya lo iremos tratando, ahora dime, ¿has disfrutado algo del viaje?

—No...

—¿Por qué tienes la sensación de no haberlo pasado bien?

—No lo sé. Ya sabes que cuando los niños disfrutan yo me lleno de felicidad, pero a pesar de eso, no te puedo decir que haya disfrutado o que el viaje me haya venido bien. También te digo que creo que mis niños, Ezequiel y mi madre no se han dado cuenta de mi verdadero estado. Solo el último día, que estuve muy mal, y durante el viaje de vuelta, que fue horroroso.

—Tamara, si quieres no profundizamos en el tema del presente hasta la siguiente sesión, pero necesito que me contestes a unas preguntas.

—Ok.

—¿Cómo te sientes?

—¿En general?

—Sí.

—Bloqueada, con miedo, atrapada, sin salida, con rabia, decepción...

—No te cuesta expresarlo. Ok, analicemos.

—No quiero que profundicemos, hoy no.

—No lo vamos a hacer, pero necesito saber ciertas cosas para poder trabajarlas después, recuerda que todo influye. Estábamos trabajando en el recorrido de tu vida, pero eso no quita que el presente no influya. De hecho, puede empeorar tu estado.

—Ok.

—Dime, ¿bloqueada por qué?

—Porque no sé cómo actuar.

—¿Miedo?

—Porque estoy paralizada, el miedo siempre lo eliminé de mi vocabulario y lo intento evitar a toda costa porque es algo que paraliza y no me gusta, no lo quiero en mi vida, pero es lo que siento, mucho miedo.

—Atrapada, ¿por qué?

—Porque no encuentro salida.

—¿Crees de verdad que no hay salida?

—Pienso que siempre la hay, menos para la muerte, pero ahora mismo no la veo por ningún sitio ni en ningún momento.

—Me gusta que digas eso porque hay una parte positiva en ti, eres consciente de que hay salida para todo, cueste más o cueste menos. ¿Con rabia?

—Por cómo estoy, porque quiero estar bien, y porque lo que va a venir ahora me da pena, dolor... Nunca lo hubiese imaginado.

—Elige solo una definición de las que me has dicho, ¿cuál sería?

—Rabia.

—Ok. Confirmamos que ese sentimiento es el principal, porque se junta todo, el problema que arrastras más lo que estás pasando ahora.

—Sí... es así...

—Respira, estás muy triste, esto te duele mucho.

—Por eso, cambiemos de tema, por favor.

—De acuerdo, pero tratarlo más adelante se va a convertir en nuestra prioridad para poder seguir avanzando.

—Ok.

—¿Qué planes tienes estos días?

—Pues mira, por fin tengo la autocaravana que compré para mis niños, es algo que me motiva mucho. Voy a ir a recogerla en unos días, pero antes tengo que hacer varias cosas de trabajo.

—¡Bien! Eso es, ahora la motivación te va a servir para estar mucho mejor.

—Sí, eso espero. Y luego, pues pasar las navidades.

—¿Cómo se presentan? A ti te encanta la Navidad...

—Pues no tengo ilusión, Luz... y eso me pone muy triste. Porque a mí siempre me han gustado mucho, tengo mucho espíritu navideño. También te digo que aunque no tenga ningunas ganas, voy a hacer lo posible para que mi familia las disfrute. Me voy a vestir como todos los años y voy a bailar y a cantar.

—Pero quiero que vayas viendo si es realmente lo que quieres tú.

—Por suerte, voy a tener a todos los míos en la mesa, no me va a faltar nadie, soy una afortunada. Mis yayos son ya muy mayores y me da pánico pensar en cuando me falten. Todos los años les pongo sus canciones favoritas, Raphael, Isabel Pantoja, Rocío Jurado... y bailamos mucho juntos. Mi madre también necesita un chute de energía, está muy angustiada por mí, no lo está pasando bien. Mis cuatro niños, mis sobrinas y mis dos hijos, están acostumbrados a que se haga una fiesta, a que se baile y se cante mucho, y no les voy a robar nada de eso. A mi tía y a Eze también les encanta ese plan. No seré yo la que se lo fastidie.

—A ti realmente no te apetece, no lo haces para ti.

—No... porque...

—Perdona que te interrumpa, ya te lo digo yo: porque ver a los demás felices te hace a ti bien. Es un mantra que tienes bien aprendido.

—Ja, ja, ja, sí... pero es que es la verdad.

—Olvidas el compromiso contigo misma, olvidas que tienes que escuchar a tu corazón, olvidas tu felicidad genuina.

—La recuperaré.

—Para ello tienes que darte prioridad, Tamara. Me decías que tu madre estaba angustiada. ¿Cómo sientes a tu entorno?

—Preocupado en general, unos me lo hacen saber y otros no.

—¿Qué te dicen?

—Sobre todo que estoy consumida, muy delgada, y que me ven tirada, que no soy la misma, que tengo que recuperar mi autoestima y mi alegría.

—¿Crees que debes cambiar algo en tu vida para recuperar eso que te han dicho?

—Sí... me duele, pero sí.

—¿Te sigues sintiendo sola?

—Mmm... No tanto. Noto que mi gente está cerca, la siento. Lo que sucede es que yo me he vuelto a alejar. No hablo con nadie, no quedo con nadie.

—¿Por qué?

—Porque no soy yo y pienso que les voy a incomodar. Que sé que no, pero es mi sensación. Aparte de que el monotema siempre es el mismo y no quiero ser tajante y cortarles por si les sienta mal, pero no quiero hablar siempre de esto.

—Comprendo... Bueno, ahora vamos a hacer una cosa si te parece, quiero que en estos días tengas una libreta contigo y que vayas apuntando cada sensación que tengas, mala o buena. Y ya me la darás cuando te la pida, me la haces llegar como sea, ¿ok? No obstante, si me necesitas, estoy aquí. Me llamas y listo.

—Ok.

—¿Cuándo tienes sesión con la psiquiatra?

—Justo el día que voy a por la autocaravana.

—Estupendo. Recuerda, libreta y boli en mano y, por favor, no lo olvides: confía en ti.

—Bueno... lo intentaré, esto es una mierda.

—Lo sé, es muy doloroso, pero estás trabajando mucho para salir. Necesito que pongas el foco en ti, en escuchar a tu corazón, no al de los demás. Solo si aprendes a escuchar a tu corazón y darle lo que necesita, saldrás de esta espiral, y ya te digo yo que vas a salir.

—Ojalá sea así porque yo siento lo contrario.

—No confundas el ir peor con sumar problemas del presente que te pueden arrastrar un poco hacia abajo.

—Ok. Gracias Luz, cariño, te lo repito: no sé qué haría sin ti...

—Y yo te lo repito igual: lo mismo que estás haciendo ahora, luchar por curarte.

—Un beso.

—Un beso, estamos en contacto.

El día que fui a por la autocaravana no tenía nada de ilusión, no me lo explicaba, ¡cómo podía sentirme así si estaba yendo por algo muy soñado! Pero no solo eso, es que cuando bajé del AVE en Valencia me entró un bajón enorme. Iba con mi amigo Iker, que me había acompañado, y tuve que desahogarme con él. Estábamos en el piso que había cogido para dormir esa noche y recoger la autocaravana al día siguiente. Le conté cómo me sentía, pero también le propuse algo que hasta a mí me sorprendió:

—Iker, noto que me está dando un bajón grande.

—Pero, bueno, ¿y eso?

—No sé, ha sido llegar a Valencia y ponerme triste. Me han venido a la cabeza muchos recuerdos, emociones... La verdad es que ahora todo me afecta sin yo querer.

—Ya, mi niña, es normal, tú tranquila. ¿Qué te apetecería que hiciéramos para que te sintieras mejor?

—Sinceramente, meterme en la cama, pero no lo voy a hacer.

—¡Muy bien! Eso es.

—¿Pero sabes por qué? Porque le voy a hacer caso a mi psiquiatra, que me pidió que cuando me diese un bajón tenía que sacar toda la fuerza que tengo y más, y que hiciera cualquier actividad, la que fuera, pero que no me abandonara al bajón, que no le dejara que se apoderara de mí y me arrastrara hacia abajo aún más. ¿Nos vamos de compras y a pasear?

—¡Uy! Pero qué alegría me das, por favor, ¿tú de compras? Ja, ja, ja, por supuesto, vámonos.

Así lo hicimos y me vino de maravilla. Paseamos por las calles de Valencia viendo el ambiente navideño, aún no había disfrutado de él ni siquiera en mi ciudad, Madrid. Estuvimos hablando mucho y cenamos por ahí.

Al día siguiente me desperté con mucha ilusión, estaba feliz porque iba a recoger la autocaravana. Cuando ya era mía, estuve mandando fotos a todo el mundo, e incluso grabé un vídeo para enseñárselo a mi familia virtual. Sé que se iban a poner muy contentos por mí, y no me equivoqué: así fue.

En medio del viaje tuve que parar porque tenía sesión con la psiquiatra.

—Hola, Tamara, ¿cómo estás?

—Hola, doctora, bien. Justo de viaje, volviendo con la autocaravana que compré para mis hijos.

—¡Eso es genial! Te noto motivada.

—Sí, ayer no lo estaba, nada de nada, pero hoy sí.

—Normal, ahora sientes alegría y motivación y ayer estabas de bajón. Que sepas que todo es normal en tu diagnóstico. Bien, hagamos un repaso de estos días.

—Ok.

—¿Cómo estás adaptándote al aumento de la medicación?

—Uf... mal. El estómago lo tengo fatal, pero es cierto que poco a poco va disminuyendo ese malestar.

—Vale, eso es bueno, porque te estás adaptado. Si persistiera ese malestar, entonces ya no sería tan bueno. Ve contándome cualquier cambio para que ajustemos la dosis. ¿Cómo vas de apetito?

—A ratos, doctora. Unos días como, otros no.

—Pero ¿hay días en los que no ingieres nada de alimento?

—No, no, siempre como algo, aunque sea poco.

—¿Has perdido mucho peso?

—Sí... seis kilos.

—Eso es bastante. Aunque debemos tener en cuenta que, aparte de la medicación, estás pasando por un momento muy complicado, y eso también afecta al apetito. Aun así, hay que seguir vigilándolo.

—Ok.

—Y de ánimo, ¿cómo estás?, ¿notas mejoría con la medicación?

—Hay días que sí, pero no tanto como supuestamente debería...

—¿Existen pensamientos negativos?

—Sí...

—¿Como por ejemplo?

—Muchos, todos ellos relacionados con mi estado actual. Aparte, el otro día me hice una pregunta.

—¿Cuál?

—No te asustes si te la digo, solo la pensé.

—Ok, dime.

—Me pregunté qué pasaría si yo no estuviese en este mundo.

—¿Y qué respuesta te diste?

—Que mis hijos se morirían.

—¿No pensaste nada más?

—No, solo me lo pregunté, pero no pensé en nada parecido a lo de la otra vez.

—Ya, pero lo que has pensado ahora también es peligroso.

—¿Por qué?

—Porque estás visualizando qué pasaría si tú no existieras, y eso significa que podrías planteártelo.

—No, no, de verdad que no, doctora.

—¿Por qué me decías que te notas el ánimo flojo?

—Porque me dan muchos bajones y muy fuertes.

—¿De qué tipo?

—De meterme en la cama, de llorar mucho, la ansiedad aparece de manera aguda, pero el resto de días sí que es cierto que me noto motivada y arriba. Me pasa en momentos puntuales.

—¿Cuándo tienen lugar esos momentos?

—Pues verás, por si tenía poco, todo se ha complicado con un tema que me está afectando mucho, es en mi matrimonio, nos vamos a separar, a tomar un descanso... ¡Lo que me faltaba! La verdad es que lo estoy pasando muy mal. Así que no solo no avanzo, sino que tengo la sensación de que voy hacia atrás.

—No, no es lo que te faltaba, es que la vida sigue y aunque estemos tratando un problema concreto, otros se suman y afectan, y más a personas como tú, con tu diagnóstico. Entonces ¿podemos decir que esos bajones los asocias a cuando hablas de ese tema en concreto?

—Sí, doctora.

—Vale, entonces me quedo más tranquila, pero por lo que te voy a explicar. Para lo que tú tienes, parece que la medicación está haciendo su efecto, si no me hubieses contado esto nuevo que te está pasando, tendría que subirte la dosis, o incluso cambiar la medicación. Lo que te quiero decir es que la medicación está empezando a hacer efecto, porque tienes días en los que tú misma dices que te sientes animada. Llevamos meses con ella y lo normal es que dé beneficios, como parece que está sucediendo. Luego están esos momentos concretos en los que te sientes tan mal. Pero ese problema tendremos que valorarlo aparte. ¿Cómo duermes?

—Con las pastillas bien.

—¿Sin pesadillas, sudores o asfixia?

—Sí... por ahora, sí.

—Perfecto, eso es buenísimo. ¿Estás hablando con la terapeuta de este nuevo problema y sigues con la terapia como siempre, ¿verdad?

—Sí, sí.

—Es muy importante no dejarla.

—Lo sé... yo deseo curarme.

—Y lo harás Tamara, es lento, eso lo sabemos, pero lo conseguirás. Vamos a hacer una cosa: como llegan las navidades, no quiero estropeártelas con una subida de la dosis y que sufra tu estómago. Teniendo en cuenta que esos bajones los tenemos identificados, voy a mantener la medicación como ahora. Y la primera semana de enero la revisamos, si sigues con esos bajones te subiré la dosis y, además, te recetaré otra medicación.

—¿Otra? Madre mía...

—Tranquila, todo es para lo mismo, se trata de conseguir que estés bien, que tu estado anímico sea el adecuado.

—Vale, lo que digas está bien.

—Venga, pues ahora mismo te mando las recetas actualizadas y vas a por ellas para que no te quedes sin medicación. ¡Ah! Es importante que cualquier pensamiento negativo que tengas, por favor, me lo comuniques de inmediato.

—Tranquila, doctora, no sucederá, pero en el caso de que pase te llamaré.

—De acuerdo, un beso.

—Un besito y ¡felices fiestas!

Ya te he puesto al día, querido diario. Te dije que te traería muchas novedades y he cumplido, lo único en lo que he fallado es que no son muy positivas.

Sabía que era un camino largo, pero a mí se me está haciendo eterno.

Ahora tengo mucho que hacer para seguir avanzando. Me siento como cuando me daban las vacaciones de Navidad en el cole, pero al mismo tiempo me ponían un montón de deberes. Pero los haré, de eso no tengas la mínima duda. También creo que es el momento de despedirnos tú y yo. ¿Sabes por qué? Porque me apetece dar carpetazo a este año... e iniciar el nuevo desde cero. En todos los sentidos.

Sé que no lo voy a empezar como me hubiese gustado, curada por completo. Sé que tengo que seguir con mi proceso, pero por dentro estoy convencida de algo importante... Que tengo las ganas, la motivación y la seguridad de que voy a conseguirlo. Sé que voy a superar esta basura que me lleva acompañando durante demasiados meses y que hasta hace poco no tenía identificada.

Me siento muy orgullosa de mí porque me estoy ayudando mucho, pensando y actuando en consecuencia para ponerme bien, para alcanzar la meta de curarme que me he propuesto. Y lo estoy haciendo sacando la parte positiva a todo, siendo positiva, vamos, que es lo que he sido siempre. Evidentemente, sigo teniendo algunos bajones, pero lucho contra ellos asumiéndolos y haciendo lo posible porque sean más llevaderos. La prueba la tengo el día que estaba en Valencia para recoger la autocaravana y tuve ese bajón, pero lo identifiqué, lo asumí y rápidamente hice lo posible para eliminarlo. Estoy avanzando, y así me lo dicen mi psiquiatra y mi terapeuta.

También soy muy consciente de que tengo que tomar muchas decisiones en mi vida, de ahí que vendrán cambios muy importantes y dolorosos, pero estoy segura de que serán buenos para mí y para sentirme mejor.

En todo este tiempo pasado, he tocado fondo demasiadas veces y tengo que salir de esta mierda como sea. Pero como te he dicho antes, SALDRÉ.

Ahora, solo espero una cosa. Que llegue el día en el que mi gente más cercana, mi familia y mis amigos, me perdonen si algo les molestó. Quizás no haber compartido con ellos ciertas cosas les ha hecho sentirse mal, pero nunca hice nada con intención. Solo quise ser consecuente con lo que considero un valor personal fundamental:

No preocupar a los míos.

Y deduzco que me moriré así: haciendo el bien a los demás porque eso me hace feliz. Mi familia virtual también sé que se ha preocupado por mi estado.

Y que lo seguirá haciendo cuando sepa que no estoy bien del todo. Pero no quiero que lo haga, y vuelvo a lo mismo, no quiero que nadie se preocupe por mí.

También sé con seguridad que mucha gente va a empatizar conmigo porque están viviendo situaciones similares. En realidad, creo que todos tenemos esa mochila llena de piedras de la que un día os hablé. Y si decidimos sacarlas todas, las analizamos y les ponemos nombre, acabamos destrozados.

Durante estos días mi intención, querido diario, ha sido, simplemente, la de que supieran quién soy los que no me conocen en persona, pero sí a través de una pantalla. Que me conocieran también en los momentos duros, en esos que no son tan bonitos en mi día a día. He querido a través de estas páginas que mi entorno supiera cómo estaba en realidad después de tantas semanas ausente y alejada de ellos.

Y ahora, querido acompañante de viaje, me despido, pero solo por un tiempo, porque pienso seguir compartiendo contigo mis pensamientos. Eres un simple cuaderno y te quiero, has sido mi desahogo diario, nunca mejor dicho.

Gracias por tanto.

PIDE AYUDA, DATE UNA OPORTUNIDAD

Soy Luz, el nombre que me ha puesto Tamara en el libro. Mi nombre real no importa, Tamara es la única protagonista de esta historia. Soy la psicóloga que la acompaña en este momento de su vida en el que ha decidido iniciar un camino que la lleve a comprenderse más y, sobre todo, a sentirse mejor.

Tamara me ha pedido que escriba el capítulo que cierra su libro, un libro en el que se ha abierto en canal y en el que refleja las vivencias y emociones íntimas que han ido surgiendo a lo largo de su terapia.

Es una persona más, como tantas y tantas otras, que pasan en su vida por periodos emocionales duros, tristezas y angustias que, llegado un momento, los desbordan.

Ella contaba con los recursos y, sobre todo y en mayúsculas, con la VALENTÍA suficiente para pedir ayuda. Así es como comenzó el camino de nuestra terapia. Un camino, como habéis visto, no siempre fácil. Pero es la única senda que le aportará serenidad en el presente.

En momentos de crisis generalizada, los problemas emocionales pueden agudizarse porque el control que ejercíamos sobre ellos tiene que repartirse en adaptarse a la nueva situación. Estamos viviendo una época complicada, la Covid-19 ha removido los cimientos de nuestra sociedad, ha causado mucho dolor y los trastornos mentales se han disparado. La pandemia ha sido la gota que ha colmado el vaso para muchas personas.

A veces nos resulta complicado saber qué nos pasa. Pequeñas cosas de la vida se nos hacen un mundo, aspectos que de manera objetiva sabemos que no tienen importancia, en la práctica nos entorpecen la existencia.

Para algunas personas, estar en una reunión con amigos, en el trabajo o en cualquier grupo puede ser un calvario:

¿Sabré qué decir?
¿Meteré la pata y pensarán que soy tonto/a?

Todas estas emociones les provocan mucha ansiedad, hacen que den vueltas a lo que dicen una y otra vez y les limitan su vida considerablemente, aunque quizás no lo compartan con nadie.

Otras personas se preocupan muchísimo por el futuro, más allá de lo que incluso ellas consideran razonable. No lo pueden evitar y pasan tiempo pensando en hipotéticos problemas que pueden llegar y que les destrozarán la vida. Se culpan por no poder salir de esa espiral y su sufrimiento es continuo.

Refugiarse en actos que proporcionan una satisfacción inmediata, y que acaban volviéndose compulsivos —por ejemplo, comer—, es otro de los errores en los que caen para paliar su angustia, lo que les causa muchísimo sentimiento de culpa: «Estoy triste, el cuerpo me pide la gratificación rápida de ir a la nevera y darme un atracón, sé que no es bueno, me agobio por momentos, no puedo más. Como de manera compulsiva y me libero un instante de la presión que siento por dentro. Unos instantes después me doy asco, quiero morirme, me culpo enormemente y vuelvo a tener la misma angustia, incluso más».

Podría contar cientos de casos más de cómo los seres humanos sufrimos y, en casi todos, si nos parásemos a meditar con detenimiento sobre ellos, seguro que podríamos cambiar la forma negativa de enfocarlos o de actuar.

De los tres ejemplos anteriores, en el primero, si la persona lo pensara fríamente, se daría cuenta de que es imposible que todo el mundo piense de ella que es tonta y que la juzgan cada vez que habla. En el segundo, sabemos que el futuro no puede controlarse y que es el presente el que hay que vivir y disfrutar. En el tercero, saber que atracarse de comida no es la solución y que provoca culpa después es evidente. Entonces, ¿qué nos pasa?, ¿por qué las emociones son más fuertes que nosotros?, ¿cómo funcionamos? Obviamente, parece que lo que pensamos tiene menos fuerza que lo que sentimos cuando se trata de emociones negativas.

Tamara, al igual que otros muchos pacientes, se decía a sí misma que tenía todo para ser feliz, pero... Se trataría entonces de ver por qué los sentimientos no van alineados con el sentido común y, sobre todo, con nuestro bienestar. ¿Somos tontos? ¿Somos autodestructivos? ¿Tan mal estamos?

No lo somos, no queremos autodestruirnos, aunque lo hagamos sin querer. Tal vez tengamos que pensar qué originó que nos sintamos como lo hacemos en determinadas situaciones para ayudarnos a salir de esa espiral. Para ello, toca mirar atrás, al pasado.

«¡Pero el pasado, pasado está!».
«¡Atrás ni para coger impulso!».
«¡Aunque quisiéramos no podemos cambiar el pasado!».
«¿Cómo va a tener que ver mi pasado con mi presente si es completamente diferente?».

Estas y unas cuantas más son las respuestas que recibo a veces de mis pacientes cuando empezamos a trabajar juntos. El pasado en efecto no importa, les digo. Lo que importa es cómo los sentimientos, los miedos y las emociones del ayer se repiten continuamente en el presente. Porque, si están aquí con vosotros, es que no se han pasado, ¿verdad?

Esto suele dejarlos pensativos y es el punto de partida de la terapia.

Pongo un ejemplo. Imaginemos a Clara, la hermana mayor de una familia de tres hijos. Sus padres trabajan y uno de sus hermanos tiene la salud delicada. Es una niña creativa, bondadosa y adora a su madre, que está muy orgullosa de ella y de cómo siempre la ayuda en casa. Su mamá le sonríe cuando entretiene a Javier, el pequeño, mientras hace las tareas. Mamá la quiere mucho y le dice que es muy responsable. Aunque tiene poco tiempo para darle, a Clara le gustaría que su madre pasase más ratos con ella, que viese esos dibujos tan bonitos que hace, pero está muy ocupada, tiene mucho trabajo, sobre todo por tener que cuidar a Miguel, su hermano mediano, que está siempre enfermo. A veces le gustaría jugar sola y seguir dibujando, pero si lo hace, mamá no podría con todo. Una vez dejó a Javier solo un rato y este pintó toda la pared, su madre se enfadó mucho con ella y se entristeció. Luego se le pasó y le dijo que era una niña muy responsable y muy buena.

Años después Clara viene a terapia.

Nos cuenta que se siente muy triste, una tristeza que no sabe muy bien de dónde le viene. Que tiene familia y trabajo, pero que no está contenta nunca. Todo el mundo la quiere, sin embargo, tiene la sensación de que vive para los demás, y luego cada uno va a lo suyo. Su marido y sus hijos la adoran, pero tiene que estar detrás para que hagan las cosas; al final, las acaba haciendo ella para no discutir. En el trabajo parece la tonta que carga con lo más pesado, aunque sus compañeros la aprecian.

—¿Te lo piden? ¿Te obligan? —le pregunto.

—No, que va, pero si no lo hago, me siento mal, me siento culpable.

—¿Culpable de no hacer el trabajo que les corresponde a los demás?

—Ya sé que parece una tontería, que no es mi obligación, pero sí, me siento culpable, me siento fatal conmigo misma por no hacerlo, y a la vez me siento boba cuando lo hago.

Supongo que a estas alturas habrás empezado a comprender lo que le pasa a Clara, ¿verdad? De pequeña aprendió que en su familia el papel de niña buena y responsable era el que la acercaba más a su madre. Cuando se comportaba así GUSTABA, y notaba cómo su madre la quería. Sentía culpa si no ayudaba y poco a poco fue renunciando a lo que quería para adaptarse a ese rol en el que era valorada y estimada.

Clara ha aprendido a relacionarse a base de ser extremadamente entregada porque de pequeña esa actitud le servía: permitía que se sintiera valorada por su madre, que su autoestima creciera, hacía que tuviese su papel en la familia. Tengamos en cuenta que era una niña y no podía cambiar las circunstancias que la rodeaban. Cuando decepcionaba a su madre se sentía muy culpable y pensaba que ya no la iba a querer.

De mayor funciona igual. Tiene esa tendencia a cuidar de los demás y a cargar con cosas que no le tocan. Pero no es feliz, está triste y lo está porque se siente atrapada entre la culpa y lo que realmente desea. Hacer lo que desea, tener cierto grado de egoísmo, es algo por lo que Clara fue penalizada en su infancia, primero por su entorno y luego por ella. Asocia hacer lo que quiere a dejar de ser querida. Por eso se siente tan mal si no es complaciente, porque una parte muy escondida sigue sintiendo lo que sentía esa niña que fue: que no iban a quererla, que iba a decepcionar a su mamá.

Ante estos problemas, Clara se está olvidando de una parte de sí misma, la que desea disfrutar de la vida, la de ser alguien que quiere hacer lo que le apetece, la que anhela ser ella la cuidada y no la cuidadora. Esa parte la fue escondiendo desde pequeña porque no encajaba en ese momento de su vida, pero nunca desapareció. Esa otra Clara lleva mucho tiempo estando triste, sintiéndose poco escuchada, sintiendo que no importa nada.

Cuando a veces esa parte escondida se impone y le dice interiormente: «No ayudes a fulanita en el trabajo, sal a tu hora hoy», a Clara le vienen sentimientos de culpa. Por eso está triste. No es que sea tonta ni que se pase de generosa una y otra vez sin que nadie se lo pida. Es que no sabe que esa culpa que siente cuando no es generosa, y esa tristeza que siente cuando sí lo es y cuando no hace lo que le apetece, son emociones muy antiguas en ella que tienen una explicación.

Es imprescindible que Clara sepa que hay una parte de ella que lleva tiempo escondida, que la reconozca y que empiecen a hablar las dos. Que integre en su presente todo lo que es hoy y lo se fue quedando por el camino, que escuche sus emociones...

lo que dicen esas emociones y por qué se lo dicen.

Clara necesita asumir que las circunstancias en el pasado eran unas, pero que hoy es una adulta y puede comportarse de otras maneras sin la misma repercusión. En definitiva, que viva su presente con las emociones de una mujer y no con las de la niña que fue. Y así Clara dejará de estar triste. Va a poder decir NO sin sentirse culpable, ya no es esa niñita que necesitaba gustar a su madre. Tiene que darse cuenta de que puede ser querida diciendo NO. Clara va a poder ser ella misma. Clara va a poder ser feliz.

> Podemos alcanzar un estado de razonable felicidad. Podemos salir del pozo en el que nuestras emociones nos meten.

Se puede, de verdad, se puede.

Es el camino que ha decidido la protagonista de este libro y que comparte con nosotros con generosidad y valentía.

Un abrazo inmenso a Tamara y a todas las personas que, como ella, se han quebrado emocionalmente. Si estás entre ellas y no puedes ayudarte por ti misma, pide ayuda, date la oportunidad de sentirte bien, te lo mereces.

Por la psicóloga de Tamara